赤川次郎

真《ま》夜《よ》中《なか》の電《でん》話《わ》

謎解き物語

JIRO AKAGAWA MYSTERY BOX
ミステリーの小箱

汐文社《ちょうぶんしゃ》

もくじ

カバー・本文イラスト　456

デザイン　西村弘美

インテリア

1

「ここでいいんですか?」

タクシーの運転手が、ちょっと不思議そうに訊《き》く。

「ええ、いいの」

晃子《あきこ》は、ことさら強い調子で言って、料金を払《はら》った。「おつり、いらないわ」

「どうも……」

運転手が戸惑《とまど》ったのは当然だった。

何しろ、その家は、どう見ても葬式《そうしき》の最中で、しかもその若《わか》い娘《むすめ》は、真赤《まっか》なセーターにジーパンというスタイルだったのである。

晃子は、まぶしい光に、ちょっと目を細めると、長い髪《かみ》を軽くかき上げるようにして歩き出した。決然とした歩みだった。

葬儀《そうぎ》に来た客たちが、唖然《あぜん》として晃子を見る。晃子は、まるで誰《だれ》もいないかのようにずんずんと庭を入って、玄関《げんかん》から上《あが》り込《こ》んだ。

「——晃子！」

黒いスーツの卓美《たくみ》が、ちょうど玄関《げんかん》へ出て来たところで、「いつ来たの？」

「今よ。母さんは？」

卓美は、ちょっと居間《いま》の方を目で示《しめ》した。晃子は、中へ入って行った。

そこは黒と白の世界だった。

「お姉さん」

妹の秀子《ひでこ》が、立ち上って、やって来る。「良かったわ！　間に合って」

晃子は何も言わずに、棺《ひつぎ》の方へと近づいた。——長姉《ちょうし》の卓美が、そっと入って来て、その様子を見守っている。

卓美、晃子、秀子の三人姉妹は、一見して姉妹と分るほどは似《に》ていない。

しかし、三人が、それぞれ美人と言われるのは、母親譲《ゆず》りの一種の端麗《たんれい》さが、備《そな》わっているせいだった。

「お母さん」

と、晃子は呟《つぶや》くように言った。

大きな声で言っても、もう母は返事をしないのだ。——母は棺《ひつぎ》の中に眠《ねむ》っていた。

集まっていた親類たちは、互《たが》いに顔を見合わせていた。ことに口うるさい婦人《ふじん》たちは、

「あんな格好《かっこう》で——」

「娘《むすめ》なのにね」

「いくら役者だからって……」

と囁《ささや》き合っていた。

卓美は、ゆっくりと棺《ひつぎ》の方へ歩いて行った。末妹の秀子は、心配そうに、姉たちの様子を見守っていた。

「晃子。——早くご焼香《しょうこう》して、もう出棺《しゅっかん》の時間なのよ」

晃子はキッと姉を見返した。

知的で、冷静沈着《ちんちゃく》、物に動じない卓美と対照的に、晃子は気が強く、カッとなりやすい、多血質《たけつしつ》の性格《せいかく》だった。

秀子は末っ子にしては、神経質《しんけいしつ》で、やたらと心配性《しんぱいしょう》である。

姉二人が、言い合いでも始めるのじゃないかと気が気でない様子。声をかけようとして、言葉が出て来ないのである。

「晃子――」

と言いかけた卓美の言葉を、晃子は遮《さえぎ》って言った。

「誰《だれ》がやったの?」

卓美は当惑《とうわく》げな顔になった。

「晃子、何のこと?」

「分ってるじゃないの」

と、晃子は言った。「お母さんを殺したのは、誰《だれ》なの?」

異様《いよう》な静寂《せいじゃく》が、あたりを重苦しく圧迫《あっぱく》した。

「ドラマチックね」

と、卓美は言った。「正に、ドラマチックだったわ」

「悪い?」

と、晃子が言い返す。

「別に。でも――。まあいいわ。晃子にはふさわしいかもね」

「――ねえ、お姉さん、お茶でも飲む?」

と、秀子がおずおずと言った。

「頼《たの》むわ。お葬式《そうしき》って疲《つか》れちゃう」

晃子はソファに体を投げ出して、テーブルに足をのせた。

遺骨《いこつ》を持って、三人姉妹が戻《もど》って来たところである。

「みんな、晃子があ言ったときは、ギクリとしてたみたい」

と、卓美はタバコに火を点《つ》けながら言った。

「ちゃんとタイミングを測《はか》ってるのよ」

「あれで、しばらくは噂《うわさ》が飛《と》び交《か》うでしょうね」

「みんながこの家に足を向けなくなる。それこそ万歳《ばんざい》だわ」

晃子は、ニッコリ笑った。——女優《じょゆう》の笑い、訓練された笑いだった。

「確《たし》かに上出来だったわ。それは認《みと》めるわよ」

と、卓美は言った。

秀子が、紅茶《こうちゃ》の盆《ぼん》を運んで来る。

「——ね、秀子」

「なあに？」

「あんた、お母さん死んだとき、泣いた？」

「泣いたわよ」

と、紅茶《こうちゃ》を出しながら、「お姉さんたちみたいに冷たい娘《むすめ》じゃないもの」

「何言ってんの」

と、卓美が苦笑いした。「お母さんの面倒《めんどう》みてたのはこっちよ。あんたは楽して、そのくせ可愛《かわい》がられて」

「いいでしょ。それが末っ子ってもんよ」

三人は紅茶《こうちゃ》をすすった。

三人の父親は、もう七、八年前に世を去っている。

いや、最後の十年間ぐらいは、妻《つま》に精気《せいき》を吸《す》い取《と》られたように、まるで元気がなく、いつ死んでも、おかしくなかった。

母は強烈《きょうれつ》な個性《こせい》の持主で、お嬢《じょう》さん育ちのしとやかな外観からは、想像《そうぞう》もつかないくらい、事業に力を振《ふる》った。夫も、その会社の社員の一人に過《す》ぎない、と言ってもよかった。もちろん、一応取締役《いちおうとりしまりやく》ではあったのだが。

ともかく、三人も子供《こども》が生れたのが不思議だ、と言われたものである。

あれこれと噂《うわさ》もあって——つまり、誰《だれ》はどの男の子供だとか言われたらしいが、いずれにしても、母親の個性《こせい》の方が強く出ているので、分らなかった。

「それにしても——」

と、晃子が言った。「お母さんも疑《うたが》い深《ぶか》くなって、閉口《へいこう》したわね」

「そりゃそうよ。あんな風に、金こそ命みたいな暮《くら》しをしてりゃね。人間、みんな泥《どろ》棒《ぼう》に見えるわ」

「でも、寂《さび》しかったのよ、きっと」

と、秀子が言った。

「いい子ぶっても、分け前は増《ふ》えないわよ」

と、晃子がからかい、

「お姉さんとは違《ちが》いますよ」

秀子が言い返した。

「やめなさい、二人とも。——ともかく、お母さんは死んだのよ」

「億という財産《ざいさん》を残してね」

「ところが、それがどこにあるか分らない、と来てる……」

晃子はため息をついた。「全く、厄介《やっかい》な親ね」

「どうやって捜《さが》すの？」

「ともかく、捜《さが》すしかないわよ」

卓美はゆっくりと居間《いま》の中を見回して言った。「――どこかにあるんだから、この家の中に」

晩年《ばんねん》の母は、一歩もこの家から出なかったのだ。

そして、遺産《いさん》は総《すべ》て現金《げんきん》で、手もとに置いてあった。そこまでは分っているのである。

しかし、ではその金がどこにあるのか、となると、誰《だれ》も知らなかった。

もっとも、その辺の事情《じじょう》も、この三人姉妹以外の親類たちは知らない。あまり金は遺《のこ》さなかったと思っているのである。

そうでないことを知っているのは、三人の娘《むすめ》だけだ。

「――どこを捜《さが》そうか、まず」

と、晃子は言った。

「手分けした方が能率《のうりつ》がいいわ」

と、卓美が言った。「この家、庭。それに一階と二階を分けて捜《さが》そうか」

「私《わたし》はそれでいいわ」

と、秀子が言った。

晃子が黙《だま》っている。

「晃子、どうなの？」

「――ちょっと気になる」

「何が？」

「手分けはいいけど……」

「何よ？」

「見つけた人が、必ず教えるかどうか、保証《ほしょう》がないわ」

卓美は呆《あき》れ顔《がお》で、

「あんたって子は……」

と、妹を眺《なが》める。

「晃子姉さん、考えすぎよ」

と、秀子が言った。

「さあ、どうかしら」

晃子はタバコに火を点《つ》けてふかしながら、「世の中、せちがらいのよ、当節は」

と言った。

2

「――警察《けいさつ》の方?」

居間《いま》へ入ると、卓美は、その男をまじまじと見つめた。

「内田《うちだ》と申します」

三十代後半というところか。少し太り気味ながら、何とか見られる水準《すいじゅん》の(?)男だ。

「ええと、久保《くぼ》卓美さんですか」

「はい」

「妹さんがおられましたね」

「はい、二人」

と答えて、「――どういうご用件《ようけん》でしょうか？」

と訊《き》いた。

「実は、先日亡《な》くなったお母様のことで」

「母のこと？」

「そうです。ご病気でしたか」

「ええ。心臓《しんぞう》で。――ここ二、三年、ずっと寝《ね》たきりでした」

「なるほど。亡《な》くなったとき、そばにどなたか？」

「夜中で、突然《とつぜん》の発作《ほっさ》だったらしく、朝まで誰《だれ》も気付きませんでした。あの――」

「気付かれたのは？」

「はい……。妹です」

「どちらの?」

「下です。秀子といいます」

「二番目の方は晃子さん。——役者さんだそうですな」

「そうです」

卓美は肯《うなず》いて、「失礼ですが、どういうことでしょう? 一体、何を調べてらっしゃるんですの?」

「いや、これは失礼」

と、内田という刑事《けいじ》は言った。「実は、お宅《たく》のお母さんの亡《な》くなった事情《じじょう》について、匿名《とくめい》の電話がありまして」

「電話?」

「ええ。お母さんは殺されたんだ、というのです」

「母が? 殺された、ですって?」

「そうです」

「でも――馬鹿《ばか》げています！　ちゃんとお医者様にも証明書《しょうめいしょ》をいただいているのに」

「それはよく分っています」

「それならなぜ――」

「まあ、落ち着いて下さい」

「私《わたし》、落ち着いていますわ。でも、そんないい加減《かげん》な電話を、警察《けいさつ》の方は信用なさるんですか？」

「そうではありません」

「といいますと、何か、裏付《うらづ》けるような事実でも？」

「妹さん――晃子さんが、葬儀《そうぎ》のときにおっしゃったそうですね。お母さんを殺したのは誰《だれ》だ、と」

卓美は意表をつかれた。

「それは――つまり、抽象的《ちゅうしょうてき》な意味ですわ。よくありますでしょう。苦労をかけた親が死んで、『自分が殺した』というように。それと同じです」

「なるほど」

と、内田は肯《うなず》いた。「それなら良く分りました」

「分っていただければ嬉《うれ》しいですわ」

「どうもお邪魔《じゃま》を……」

と、内田は玄関《げんかん》まで来て、「――庭いじりですか？」

と訊《き》いた。

「え？」

「いや、爪《つめ》の間に土が入っていますので」

「ああ……。ちょっと花をいじっていただけですわ」

卓美は、内田刑事《けいじ》を送り出して、ホッと息をついた。

「晃子姉さんが、あんな芝居《しばい》じみたことをやるせいよ」

と、秀子が言った。

「だって、親類寄《よ》せつけないためじゃないの！」

と、晃子が言い返す。

「まあ、待って」

と、卓美が言った。「でも、晃子の言葉だけを信じて、警察《けいさつ》が来るなんてちょっと考えられないわ」

「じゃ、どういうこと？」

「何かつかんでるのよ、きっと」

「でも、何を？」

と、秀子が首をひねる。「お母さん、本当に殺されたってわけじゃないでしょうね」

「まさか！——問題は、なぜ警察《けいさつ》が乗り出して来たか、だわ」

「理由は？」

「何かあるのよ、きっと……」

と、卓美は考《かんが》え込《こ》んだ。

「――ところで、遺産捜《いさんさが》しの方をどうするか決めなきゃ」

と、晃子が言った。「一通り、主な所は捜《さが》したわよ」

「そうねえ」

と、卓美は首をひねった。「お母さん、そんなに頭が良かったのかな」

「馬鹿《ばか》にされてるみたいね、私《わたし》たち」

と、秀子がうんざりした様子で言った。

「ともかく、もっと隅《すみ》から隅《すみ》まで捜《さが》してみましょうよ」

と、卓美は言った。「ないはずがないんだもの」


三人は、次の日から、もう一度、徹底的《てっていてき》に家の中を捜《さが》し回《まわ》った。

正に、これは徹底的《てっていてき》といっても良かった。ソファは一つ一つ、布《ぬの》をはがして、詰《つ》め物《もの》の中まで調べた。

机《つくえ》やテーブルは、バラバラにして調べた。更《さら》に、壁《かべ》は隅《すみ》から隅《すみ》まで、空洞《くうどう》がないか、叩《たた》いて調べた。

しかし、結局はむだだった。

三人は疲《つか》れ果《は》てた。

「――もうやめようよ」

と、秀子が食事をしながら言った。

「あんた諦《あきら》めるの？　いいわよ。じゃ、見付けたら、私《わたし》と姉さんで分けるから」

「そんなあ……」

「まあ待ちなさいよ」

と、卓美が抑《おさ》えて、「一つ、考え直してみましょ。どこか、間違《まちが》ってるんだわ」

「どこが？」

「それを考えるんでしょ」

「考えるの苦手！――任《まか》せるわ」

と、晃子は言った。

「あんたはすぐにそうなんだから」

「だって仕方ないじゃない」

晃子は、郵便物《ゆうびんぶつ》の山を一つ一つ、見て行ったが、「——ねえ、見て」

と、声を上げた。

「どうしたの?」

「これよ。ダイレクトメール」

「そんなの珍《めずら》しくないわ」

と、秀子。

「中を見なさい!——金《きん》を買いませんか、って案内よ」

「金《きん》!」

と、卓美と秀子が同時に言った。

「お母さん、いつも遺産《いさん》は『現金《げんきん》だ』って言ってたけど……」

「カムフラージュだったんだわ!」

と、卓美が言った。

「私《わたし》、推理《すいり》小説で読んだ。金を薄《うす》っぺらくして、壁紙《かべがみ》の下に貼《は》っておくの」

「壁紙《かべがみ》の下……」

三人は顔を見合わせた。

そして一斉《いっせい》に立ち上った。

3

「——何事です?」

内田刑事《けいじ》は、目を丸くした。

中の壁《かべ》が、次々に壁紙《かべがみ》をめくられ、はがされている。何とも凄《すさ》まじい光景だった。

「大きなお世話だわ」

と、晃子が言った。「自分の家よ。どうしようと勝手でしょ」

「それはまあ……」

「また何かご用ですの？」

と、卓美が息を弾《はず》ませながら、訊《き》いた。

「実は、今度は匿名《とくめい》の手紙が来ましてね」

「何ですって？」

「庭に花壇《かだん》がありますか」

「ええ」

「そこに死体が埋《うま》っている、というのですよ」

「――まさか！」

「とは思いますが、一応《いちおう》掘《ほ》らせていただいてよろしいですか？」

晃子はかみつきそうな顔だったが、卓美が抑《おさ》えて、

「どうぞご自由に」

と言った。「私《わたし》たちの邪魔《じゃま》をしないで下さいね」

内田は、三人の警官《けいかん》を中へ入れ、庭の花壇《かだん》を掘《ほ》り始めた。

卓美も、ああ言ったものの、気になって窓《まど》から庭を眺《なが》めた。

「——何してるの？」

と、秀子が寄《よ》って来る。「——死体だなんて、まさかね」

「そうね。でも誰《だれ》がそんな手紙出したのかしら？」

卓美は首をかしげた。

「ちょっと！　手伝ってよ！」

二階から、晃子の声が降《ふ》って来る。卓美と秀子が歩きかけると、庭の方で、

「何かあるぞ！」

と、声が上った。

二人は振《ふ》り向《む》いた。

「ビニールにくるんでありますぅ！」

「小さいですが、どうも匂《にお》いますよ。やはり死体らしい」

卓美と秀子は顔を見合わせた。

「——何やってんのよ！」

晃子が怒《おこ》ってやって来る。「私《わたし》一人にやらせて！」

「死体が出たのよ」

と、秀子が言った。

「ええ？　そんなことって——」

「ほら、ビニールの包みが……」

三人は、窓辺《まどべ》に立って、じっと外を見つめていた。

包みが出される。そして、内田がその包みを置いて、開いて行った……。

「どうも失礼しました」

内田は恐縮《きょうしゅく》の様子だった。

死体は出た。しかし、犬の死体だったのである。

「どういうつもりなんでしょうかな」

と、内田は首を振《ふ》った。「ともかく、もうお邪魔《じゃま》しないつもりです」

――内田刑事《けいじ》が帰って行くと、卓美は考《かんが》え込《こ》んだ。

「ああ！　もうだめ！」

と、晃子がわめいていた。

「私《わたし》も疲《つか》れちゃった」

と、秀子もぼやく。

「もう、遺産《いさん》なんて、どこにもないんじゃないの？」

と、晃子が捨《す》て鉢《ばち》なことを言い出す。

「そんなはずないわ。――ねえ、今の犬の死体のこと、変だと思わない？」

「何が？」

「そんないたずら、理由もなくやるかしら？」

「そうね……」

「あれがお母さんの書いた手紙だったとしたら——」

「まさか!」

「でも、やりそうよ、お母さんなら」

と、卓美は言った。

「だとするとどうなるの?」

「犬の死体の下に、何かあったら?」

と、卓美は言った。

「やってみようよ!」

秀子が言った。

しかし——結局は何も見付からなかった。

「もうやめた!」

と、晃子も、秀子もヒステリー気味である。

玄関《げんかん》のチャイムが鳴り、仕方なく、卓美が出て行った。

「書留《かきとめ》だわ」

「誰《だれ》から！」

「――見て！」

と、卓美が叫《さけ》んだ。「お母さんからよ！」

手紙を開くと、卓美が読み上げることにした。

〈三人の娘《むすめ》たちへ。

宝捜《たからさが》しは済《す》んだ？

私《わたし》はこの手紙をお友達に頼《たの》んで出してもらっています。この前の匿名《とくめい》電話もそうです。

どうしてこんなことをしたかといえば、あなた方に、『金を手に入れるのは容易《ようい》じゃない』ということを学んでほしかったからです〉

「大きなお世話よ」

と、晃子が呟《つぶや》いた。

〈でも、警察《けいさつ》の人が大分協力してくれて、楽になったでしょ？　家の中をかき回すのもいいけれど、たまにはのんびり土いじりも悪くないと思うわ〉

「何のことかしら？」

「さあ……」

卓美は続けた。

〈もうあなた方は、見付けているかしら？　どうも、まだのような気がするわ。私《わたし》は、意地悪をしているんじゃないのよ。あなた方を試《ため》してみたかった。それだけよ〉

「どうだっていうの？」

と、晃子はカッとなってテーブルを叩《たた》いた。

そのとき、

「――見て」

と、秀子が言った。

「どうしたの？」

「今、晴れて陽《ひ》が射《さ》して来たの、そしたら……」

庭に、警官《けいかん》が掘《ほ》り返《かえ》した土が山になっている。その土が、キラキラと光っていた。

三人はそれをじっと眺《なが》めた。

「――砂金《さきん》！」

と、卓美が言った。

「それをあの花壇《かだん》の土に……」

「お母さんったら……」

三人は、いつまでも呆然《ぼうぜん》として、窓《まど》から庭を眺《なが》めていた……。

母の手紙は、こう終っていた。

〈ところで、言い忘《わす》れていたけれど、私《わたし》の財産《ざいさん》は、大部分、死の直前に、寄付《きふ》してしまいました。残っているのは、ほんのわずかの、砂糖《さとう》のような財産《ざいさん》だけです。

あなた方のためを思って、こうしたのよ。

人間は、お金が余《あま》っていると、ろくなことを考えないものですからね。
母より〉

冷たい雨に打たれて

1

「また雨かあ」

カーテンを開けると、三井幸子《みついさちこ》がうんざりしたような声を出した。

「よく降《ふ》るわねえ」

私《わたし》は、歯ブラシを動かしながら窓《まど》の方へ歩《あゆ》み寄《よ》った。

「ああ、寒い。——ねえ、スチームは？」

「まだ音がしないよ」

「おじさん、ケチなんだから、もう……。文句《もんく》言ってやんなきゃ」

と、寒がりの幸子はモコモコした厚手《あつで》のセーターを着ているのに、ブルブル震《ふる》えていた。

「コーヒー淹《い》れてあるわよ、飲んだら？」

「ありがとう!」

と、幸子は大きなモーニングカップに飛びついて、両手でカップを挟《はさ》んで、「ああ、熱くていい気持ち!」

と、息をついた。

私《わたし》はつい笑い出しそうになった。

私《わたし》の名は村田紀子《むらたのりこ》。T女子大学の三年生である。

ちょっと家が遠いので――といって、通えないほどの距離《きょり》ではないのだけれど――この学生寮《がくせいりょう》に入っている。

寮《りょう》というと、何となく貧乏《びんぼう》くさいイメージがあるけれど、ここは別。白い、小ぎれいな建物で、二階建ての、そう大きくはないけれど、一つ一つの部屋はゆったりとしている。

上下に各六室。一室に二人が原則《げんそく》だから、二十四人が入居《にゅうきょ》していることになる。もっとも今は、ちょうど私《わたし》と幸子のいる二階の二〇三号室の下、一〇三号室が空いているので、二十二人ということになる。

この寮《りょう》は待遇《たいぐう》もいいし、アパートや下宿よりぐっと安上がりなので、入居《にゅうきょ》希望者はいつも順番待ちという状態《じょうたい》だ。

それでいて一〇三号室が空いているというのは……。

「あ、やっと音が聞こえ出した！」

と、幸子が嬉《うれ》しそうに言った。

シューッという音が、壁《かべ》の間から聞こえて来る。スチームがパイプを通り始めたのだ。

一階には、管理人の部屋があって、〈おじさん〉としか呼《よ》ばれない男の人がいる。まあ、実際《じっさい》、おじさんには違《ちが》いない。パッとしない六十ぐらいのお年寄《としよ》りだ。名前の方はみんな知らなくて、〈おじさん〉とだけ呼《よ》んでいるのだった。

おじさんの部屋は当然のことながら、一階入口の目の前にあって、妙《みょう》な輩《やから》が侵入《しんにゅう》しないよう目を光らせている。おじさんの部屋の真上は共同の浴室。けっこう大きくて、五、六人で一緒《いっしょ》に入れるから、時間をいちいち割《わ》り当《あ》てないで、好きな時に入っていられる。

トイレと、ちょっとした台所は各室についていた。

「朝ご飯、まだ？」

と、幸子が訊《き》いた。

「これからよ。一緒《いっしょ》に行って食べようか」

「うん」

食事は、寮《りょう》からほんの五十メートルほどの大学の学生食堂で取る。朝食、夕食もそこで食べられるようになっていた。

「ああ、やっと生き返った！」

幸子が体を思い切り伸《の》ばした、スチームが通れば、そうそうだだっ広い部屋というわけでもなく、すぐに暖《あたた》かくなるのである。

「雨の中を出て行くのもいやねえ」

と、幸子が言った。

「でもパンも何もないのよ。仕方ないじゃない？」

「じゃ、決死の覚悟《かくご》で行くか」

と、幸子がオーバーなことを言った。「食堂までトンネルでも造《つく》ってくれないかしら？」

階段《かいだん》を降《お》りて行くと、おじさんがバケツを手に、一〇三号室のドアから出て来た。

「あら、おじさん、一〇三号に誰《だれ》か入るの？」

と、私《わたし》は訊《き》いた。

「来週二人来るってこったよ」

「本当？　へえ、ついに、か！」

と、幸子は言った。

一〇三号室にいた二人の女子学生が、一人の男性《だんせい》をめぐって争いになり、結局一人が相手を刺《さ》して重傷《じゅうしょう》を負わせたあげく自殺してしまったのは、もう半年以上前のことだった。

刺《さ》したのは外だったが、自殺したのは、当の一〇三号室の中だったので、さすがに、後の入り手が、なかなか見付からなかったのである。

「どんな子なのかしら？」

傘《かさ》をさして、雨の中を小走りに駆《か》け抜《ぬ》けながら、幸子は言った。

「さあね」

と、私《わたし》は肩《かた》をすくめた。

食堂には、寮《りょう》の仲間が沢山《たくさん》来ていて、自然に長テーブルの一つは寮専用《りょうせんよう》ということになってしまった。

「――へえ、一〇三号に入るのか」

どうやら、そのニュースは、私《わたし》たちの耳に真っ先に入ったらしい。たちまちあの部屋のことで、話はもちきりになった。

「幽霊《ゆうれい》が出るっておどかしてやろうか」

「よしなさいよ、こっちまで気持ち悪くなっちゃう」

「でもさ、時々、変な声が聞こえるの、本当よ」

と、幸子は言い出した。「ねえ、紀子？」

「え？――うん」

私《わたし》は曖昧《あいまい》に肯《うなず》いた。「まあ、よその部屋からスチームのパイプを伝って、聞こえて来るんだと思うわ」

「だからこそ変なのよ！」

幸子は断固《だんこ》たる口調で、「分かる？　パイプを伝って来るのなら、真下の一〇三号室が、何といっても一番よく伝わるはずだわ」

「じゃ、一〇三号に誰《だれ》かいるっていうの？」

と、他の子たちも身を乗り出す。

そこへ、

「何をヒソヒソ話してんの？」

と、声がして、四年生の水沢邦代《みずさわくによ》がやって来た。

寮《りょう》で唯一《ゆいいつ》の四年生ということもあって、かなり親分ぶっているので、嫌《きら》われている。

もっとも当人は自分が嫌《きら》われているなどとは少しも思っていないのだ。

嫌《きら》われていることが分かるような人なら、そんなに嫌《きら》われるはずもないのである。

「何の話?」

と、席について、みんなの顔を見回す。

「あの……一〇三号室のことなんです」

と、私《わたし》は渋々《しぶしぶ》話をくり返した。

なぜか私《わたし》が三年生の代表みたいになってしまっているのだ。

「ふーん、じゃ物好きなのが入って来るんだね?——遅《おそ》いじゃないの!」

後の方の言葉は、朝食の盆《ぼん》を運んで来た、一年生の花塚小百合《はなづかさゆり》に向けられたものだった。

「すみません」

と、囁《ささや》くような声で言って、盆《ぼん》を置く。

「コーヒーにクリームを入れるなって言ってるじゃないの！　取りかえといで」

「はい」

花塚小百合は急いでカップを手に走って行った。――小柄《こがら》で、高校一、二年生といっても充分《じゅうぶん》に通りそうな小百合は、寮《りょう》に入って、水沢邦代と同室になったのが不運で、ずっと邦代の小間使いのように、顎《あご》で使われている。

おとなしくて、色白の可愛《かわい》い娘《むすめ》だったが、それが、いささかはすっぱな感じの邦代にはしゃくにさわるのだろう、と他の寮生《りょうせい》たちは囁《ささや》き合っていた。

「一〇三号室が使えなくなっちゃうんじゃ、つまらないわ」

と、邦代が言った。

「使っているんですか、あの部屋？」

と、私《わたし》は不思議に思って訊《き》いた。

「その妙《みょう》な声ってのは、きっとあたしの声だよ」

邦代はフフと含《ふく》み笑《わら》いをして言った。

「水沢さんの？」

「あのおじさん、夜になりゃ眠《ねむ》りこけて、少々物音がしたって起きやしないからね、一〇三号室の鍵《かぎ》を借りて来てね、合鍵《あいかぎ》を作らせたのさ」

そう言うと、邦代はハーフコートのポケットからキーホルダーを出して、振《ふ》って見せた。キーホルダーについている鈴《すず》が鳴った。

そこへ花塚小百合が、ブラックコーヒーを手に帰って来た。

「でも、一〇三号室を何に使ってるんですか？」

と、私《わたし》は訊《き》いた。

邦代は軽く笑って、

「決まってるじゃないの！——男よ」

と言った。

みんな、さすがに呆気《あっけ》に取られた。いくら邦代が好き勝手に振《ふ》る舞《ま》っているといっても、そこまでやるとは、思っていなかったのだ。しかも、平然とそれをしゃべっている。――ちょっと理解《りかい》できない神経《しんけい》である。

「部屋でやったっていいんだけどさ」

と、邦代は平気で続けた。「何しろお子様と一緒《いっしょ》だものね、あたしは」

そう言って、花塚小百合の顔をからかうように見る。小百合は何も言わずに、自分の朝食の盆《ぼん》を取りに行った。

「ああ、そうだわ」

と、邦代が食べながら、「今、布団《ふとん》の乾燥機《かんそうき》はどこに行ってるの?」

と言い出した。

熱風を出して、布団《ふとん》を乾燥《かんそう》させる機械である。一台、寮《りょう》にあって交替《こうたい》で使う。このところ、雨続きで、フルに使われているのである。

「私《わたし》の所です」

と、二年生の子が言った。

「今日と明日、貸《か》しといて。使うから。後で小百合を取りにやるからね」

問答無用である。

「はい」

言われた方はそう答える他、仕方ない。邦代はテーブルの重苦しい気分になどまるで気付かない様子で、朝食を食べ始めた。

2

朝食の後、午前の授業《じゅぎょう》に出てから、私《わたし》は午後が空いているので、買い物に出た。

雨なので、いやだったのだけれど、どうしても必要な物があって、仕方なく出かけたのだ。

どうせ出たついで、というわけで、少し足を伸《の》ばし、おいしいケーキなど買《か》い込《こ》んで、

「これだから、ちっともやせないんだな」

などと自分で納得《なっとく》しながら戻《もど》って来た。

雨は何とか上がったが、曇《くも》り空《ぞら》の肌寒《はださむ》い一日。たぶん一日中、気温は上がらないんじゃないかしら、と思った。

急ぎ足で大学の裏門《うらもん》を抜《ぬ》けて、寮《りょう》の方へ足を向ける。その辺は、まだ古い林が残っていて、道はその中を抜《ぬ》けて行くようになっているのである。

私《わたし》は、ふと人の話し声で足を止めた。

この寒い中で、と思ったせいもあるが、その声が男の声だったのが、注意をひいたのである。

「――君だけだよ、分かってるだろう」

若《わか》い男の声である。

「でも、本当にこの間のは、あなたじゃなかったの?」

女の方の声を聞いて、私《わたし》は、あれ、と思った。あれは確《たし》かに……。

そっと木の陰《かげ》から奥《おく》を覗《のぞ》いてみると、大学生らしい、スラリとした青年が、花塚小百合と話をしていた。

「本当だとも、誓《ちか》うよ」

と、その青年は、小百合の肩《かた》へ手をかけて言った。「信じてくれるかい?」

答える代わりに、小百合は青年の胸《むね》に身を投げ出した。二人が固く抱《だ》き合《あ》い、キスするのを見て、私《わたし》はこっそりと道の方へ退がった。

——あの小百合が。人は見かけによらないもんだわ、と私《わたし》は寮《りょう》へ入りながら思った。

「おじさん、おまんじゅう買って来たわ、食べて」

私《わたし》は〈受付〉と書かれた窓口《まどぐち》から声をかけた。

「やあ、いつもすまんねえ」

おじさんはのそのそと出て来た。「一杯《いっぱい》、お茶でもどうだい?」

「嬉《うれ》しいけど、勉強が詰《つ》まってて。今度、またね」

「そうかい、それじゃあ……」

私《わたし》は二階へさっさと上がって行った。いくらいい人でも、昔話を二時間、三時間も、聞かされるのは閉口《へいこう》だ。

部屋へ戻《もど》ると、驚《おどろ》いたことに、幸子が布団《ふとん》に入って寝《ね》ている。

「あら、どうしたの？」

と、私《わたし》は声をかけた。

「風邪《かぜ》らしい。熱っぽいの」

と、幸子は咳込《せきこ》んだ。

「珍《めずら》しい。大丈夫《だいじょうぶ》なの？」

「うん。寝《ね》てりゃ治るわ」

「お大事に。電気、消そうか？」

「うん。そのついでに、ラジオ持って来て」

「何よ、おとなしく寝《ね》てなきゃだめじゃないの」

「いいのよ。音楽聞いてる方が気分良くなるんだから」

「呆《あき》れた」

と、私《わたし》は笑った。

仕方なくポータブルのラジオを持って行くと、幸子は、早速《さっそく》小さいとは言えない音でロックを聞き出した。

「ねえ、ちょっと！　私《わたし》は勉強があるのよ」

と抗議《こうぎ》したが、

「病人優先《ゆうせん》でしょ。健康人は、それぐらい我慢《がまん》しなさい」

と、平然としている。「それから、晩《ばん》ご飯《はん》、運んで来てね」

全く、どこまで図々《ずうずう》しいのか……。

私《わたし》は、何か物音がしたせいか、ふっと目を開いた。

——部屋は暗い。

隣《となり》では、幸子がスヤスヤと寝息《ねいき》をたてている。これで病人かと思うような、静かな寝息《ねいき》である。

それはともかく……。私《わたし》は布団《ふとん》からそっと脱《ぬ》け出《だ》すと、台所の方へ出て行った。なるほどそれは声で――確《たし》かにそのつもりで聞けば、水沢邦代の喘《あえ》ぎ声にも聞こえるが、はっきりとは分からない。こういう所では、音がどこをどう伝わって来るのか、分からないものである。

やがて声が聞こえなくなった。――私《わたし》は、何だか自分でもよく理由の分からないままに、その場に立《た》ち尽《つ》くして、寒さに身を縮《ちぢ》めながら、じっと耳に神経《しんけい》を集中させていた。

ドアの開く音。そして、足音。――一階の、真下らしい。やはり、邦代が誰《だれ》か男を連《つ》れ込《こ》んでいたのだろうか。

私《わたし》は、そっと窓辺《まどべ》に寄《よ》って、カーテンを細く開けて外を見た。男が誰《だれ》であれ、ここを出て、裏門《うらもん》から外へ出るとすれば、この窓《まど》から見えるはずなのだ。外はもちろん真っ暗だが、裏門《うらもん》への道に、街灯がある。

しばらく目をこらしていると、誰《だれ》かが寮《りょう》から出て来た。男だ。――そして、それは、見憶《おぼ》えのある顔だった。

足早に、逃《に》げるように裏門《うらもん》へ向かって行くのは、夕方、花塚小百合と抱《だ》き合《あ》ってい
た、あの青年に違《ちが》いなかった。

「何してるの？」

急に背後《はいご》で声がして、私《わたし》は飛び上がらんばかりに驚《おどろ》いた。幸子が起き出して来ていた。

「ちょっとね……」

「今の、誰《だれ》？」

「見たの？」

「男じゃない。——あ、そうか、例の……」

「そのようよ」

「やってくれるわねえ」

と、幸子はため息をついて、ついでに——という訳《わけ》でもなかろうが——咳込《せきこ》んだ。

「ほらほら、寝《ね》なさいよ」

と、私《わたし》は、幸子を押《お》しやった。

それにしても——と、私《わたし》は布団《ふとん》に戻《もど》って考えていた——小百合は、自分の恋人《こいびと》が邦代とあいびきしていることを知っているのだろうか？

知っている可能性《かのうせい》が大きい、と思った。同じ部屋にいるのだ。当然邦代が一〇三号室へと出て行くのが分かるだろうし、二人の部屋は一〇五号室なのである。その気になれば、ちょっと廊下《ろうか》へ出て、一〇三号室のドアに耳を寄《よ》せていればよい。

当然、中の二人の話し声は耳に入るはずだ。恋人《こいびと》の声なら、容易《ようい》に聞き分けられるに違《ちが》いない……。

「やれやれ……」

私《わたし》はそう呟《つぶや》いて目を閉《と》じたが、しばらくして、ふと、この寮《りょう》の入口の戸締《とじ》まりが気になり始めた。おじさんは当然眠《ねむ》り込《こ》んでいたとして、入口の鍵《かぎ》は中からは開けられるから、あの青年は出て行ける。

しかし、その後は？　中から施錠《せじょう》しないと、いつでも外から入れることになってしまう。

気になり始めると、もう眠《ねむ》れない。私《わたし》は苛々《いらいら》と寝返《ねがえ》りを打ったが、結局諦《あきら》めて、確《たし》かめに行くことにした。あの邦代が、ちゃんと鍵《かぎ》をかけるとは思えなかったのだ。

一階へ降《お》りると、私《わたし》は、そっとおじさんの部屋の窓口《まどぐち》を覗《のぞ》いてみた。――明かりが差している。

そして、酒の匂《にお》いがした。酔《よ》っているのかしら？　そんな頼《たよ》りない管理人じゃ困《こま》るわね。

私《わたし》は、入口の鍵《かぎ》を確《たし》かめに行った。やはり開いている。

降《お》りて来て良かった……。私《わたし》は、パジャマの上にカーデガンをはおっただけのスタイルだったので、寒さに震《ふる》え上《あ》がりながら、階段《かいだん》を駆《か》け上《あ》がった。

3

次の日はまた雨になった。

朝食を学生食堂へ食べに行こうにも、幸子は寝込《ねこ》んでいる。仕方なく、サンドイッチを持って帰ることにした。

学生食堂へ入って行くと、例によって、寮《りょう》のメンバーが集まっている。珍《めずら》しく早く来ている邦代が、何やら自慢話《じまんばなし》らしい。

私《わたし》はカウンターへ行って、

「サンドイッチを二つ、包んで下さい」

と頼《たの》んだ。

ちょうど、花塚小百合が、邦代の分の盆《ぼん》を返しに来た。

「おはよう」

私《わたし》が声をかけると、小百合は黙《だま》って会釈《えしゃく》した。そのとき、寮生《りょうせい》たちのテーブルで、邦代が高笑いした。

小百合がキッとなって、邦代の方をにらんだ。私《わたし》は、小百合の、そんな表情《ひょうじょう》を見たことがなかったので、ちょっとびっくりした。それほど激《はげ》しい敵意《てきい》に満ちた視線《しせん》だったのである。

私《わたし》はサンドイッチが出来る間に、コーヒーを手に、テーブルの方へ行った。

話の途切《とぎ》れたらしい邦代が、

「相棒《あいぼう》はどうしたの？」

と訊《き》いて来る。

「風邪《かぜ》で寝《ね》ています」

と、私《わたし》は言った。「お願いがあるんですが」

「何なの？」

「布団《ふとん》が湿《しめ》っていては、風邪《かぜ》も治らないだろうと思うんです。乾燥機《かんそうき》を貸《か》していただけませんか」

「ああ、いいわよ。私《わたし》、今使ってるから、終わり次第《しだい》持ってってって」

「すみません。じゃ、後で……」

邦代のようなタイプの女は、下手に出ていれば、割合《わりあい》に扱《あつか》いやすいものなのである。

寮《りょう》に戻《もど》って、サンドイッチを寝床《ねどこ》の幸子と一緒《いっしょ》につまむ。

「今日は授業《じゅぎょう》あるの?」

と、幸子は訊《き》いた。

「午後一時間。後は来週の試験勉強よ」

「そうか、試験か。——ああ、寝《ね》ちゃいられない!」

「焦《あせ》るとひどくなるわよ、風邪《かぜ》が。今日一日は寝《ね》てなさい」

私《わたし》は朝食を終えると、下の一〇五号室へ行った。小百合が、乾燥《かんそう》を終えた布団《ふとん》をたたんでいる。

「それ、水沢さんの?」

「ええ、そうです」

「大変ね、あなたも」

小百合はちょっと微笑《ほほえ》んだだけだった。

「乾燥機《かんそうき》、借りるわね」

と、私《わたし》は言った。

「ええ、どうぞ」

乾燥機《かんそうき》といっても、そう重い物ではない。二階へ戻《もど》ると、一旦《いったん》幸子を布団《ふとん》から追い立てて、私《わたし》の布団《ふとん》へ寝《ね》かせてから、乾燥機《かんそうき》の袋《ふくろ》を、幸子の敷布団《しきぶとん》の上に広げる。それにかけ布団《ぶとん》をかけて、袋《ふくろ》の口に、乾燥機《かんそうき》の送風口のホースを差《さ》し込《こ》んだ。スイッチを入れると、ヒューンという唸《うな》りと共に、温風が吹《ふ》き出《だ》して、布団《ふとん》に挟《はさ》まれた袋《ふくろ》を満たしながら、暖《あたた》めるのである。

簡単《かんたん》な物だが、便利には違《ちが》いない。

「色々ごめんね」

と、幸子は言った。

「何言ってんの。じゃ、タイマーが切れたら、こっちへ戻《もど》ってね」

「分かったわ」

「私《わたし》、調べ物もあるから、図書館に行って、そのまま授業《じゅぎょう》に出るわ。お昼はその帰りに買って来るから」

「ありがとう」

幸子は肯《うなず》いて見せた。

私《わたし》は、特別に用もなかったのだが、やはり病人をそっとしておいてやりたいという気持ちもあって、図書館へ行った。

暖房《だんぼう》もきいていて、適当《てきとう》に静かで、瞼《まぶた》がついキスしそうになるのを必死でこらえて、午後の授業《じゅぎょう》に出た。

ここでも授業《じゅぎょう》を聞く以前に、眠気《ねむけ》との闘《たたか》いである。そしてやっと終わりまで持ちこたえ学生食堂へ。不思議と、もう眠気《ねむけ》はさめているのだ。

ハンバーガーを買って戻《もど》って来ると、幸子は、すっぽり布団《ふとん》をかぶって眠《ねむ》っていた。そっと覗《のぞ》き込《こ》むと、静かに寝息《ねいき》をたてている。眠《ねむ》らせておいた方がいい。

テーブルの上に、回覧板《かいらんばん》が置いてある。先にそれを隣《となり》の部屋へ届《とど》けて、戻《もど》ってから、ハンバーガーに、やはり買って来たコーヒーの昼食を済《す》ませる。

やはり、多少は来週の試験のことも気になるので、少し机《つくえ》に向かったのだが……。条件反射《じょうけんはんしゃ》というやつなのか、再《ふた》び瞼《まぶた》は接近《せっきん》を開始。何度か抵抗《ていこう》を試みるのだが、ついにそれも空《むな》しく、私《わたし》はいつしか寝入《ねい》ってしまった。

――ハッと目を覚ましたのは、悲鳴らしい叫《さけ》びのせいだった。

とはいえ、それが悲鳴だったと気付くまでに、しばらくはかかった。何しろ今の今まで眠《ねむ》っていたのだから、当然だろう。

あの悲鳴が、夢《ゆめ》の中のものではないと気付くと、私《わたし》は立ち上がった。ドタン、と何かが倒《たお》れるかぶつかったような音がした。――真下の部屋だ。

私《わたし》は、出て行きかけて、奥《おく》の六畳間《じょうま》を、襖《ふすま》の隙間《すきま》から覗《のぞ》いた。薄暗《うすぐら》いが、布団《ふとん》が盛《も》り上《あ》がっているのが見えて、幸子はまだ眠《ねむ》っているらしかった。

私《わたし》は廊下《ろうか》へ出て、階段《かいだん》を駆《か》け降《お》りた。

一階の廊下《ろうか》を、小百合がやって来る所だった。

「小百合さん、あなた、聞いた？」

と、私《わたし》は言った。

「ええ、何か叫《さけ》び声《ごえ》が……」

「一〇三号らしいわ。行ってみましょう」

「今開けようとしたんですけど、鍵《かぎ》がかかっています」

「鍵《かぎ》が？　じゃ、おじさんに借りなくちゃ」

私《わたし》は、窓口《まどぐち》へ頭を入れて、「おじさん！」

と怒鳴《どな》った。

「な、何だね？」

おじさんが少し赤い顔で出て来た。

「鍵《かぎ》を！　一〇三号で何かあったらしいの」

「ふん、一〇三号？　あそこは誰《だれ》もいないぜ。空っぽだよ」

「それがいるのよ。早く鍵《かぎ》をちょうだい」

「まあ待ちな、今、探《さが》すから。――ええと、これはロッカー……。これは……違《ちが》うか。

ああ、こいつだ。〈一〇三〉って書いてあるだろ」

私《わたし》は、その鍵《かぎ》を引ったくるようにして取ると、廊下《ろうか》を走った。小百合もついて来る。

鍵《かぎ》を開けて入ると、中はひどく薄暗《うすぐら》かった。

「明かりをつけて」

と私《わたし》は言った。

小百合がスイッチを押《お》す。――部屋の中央に、水沢邦代が仰向《あおむ》けに倒《たお》れていた。

胸《むね》からは血が溢《あふ》れるように流れている。

「刺《さ》されてるようね。でも今やられたばかりよ。――小百合さん、警察《けいさつ》へ知らせて」

と、私《わたし》は言ったが、小百合は真っ青になって、突《つ》っ立《た》ったままブルブル震《ふる》えている。

「小百合さん！　早くして！」

と私《わたし》は怒鳴《どな》った。

「は、はい！」

小百合はよろけるように部屋を出て行った。私《わたし》は邦代に近付いて脈をみた。もう、邦代の心臓《しんぞう》は動きを止めていた。

その傍《かたわ》らには、鋭《するど》いナイフが、血のりをこびりつかせて、転がっている。

警察《けいさつ》の調査《ちょうさ》は夜までかかった。——殺人事件《じけん》なのだから仕方ないだろうが。

はっきりしている事は、あのとき、寮《りょう》にいたのは学生が六人、それに管理のおじさんの七人だった、ということである。

もっとも、おじさんがアルコールに目がないことは事実で、本当に外からの侵入《しんにゅう》者《しゃ》をチェックできたか疑《うたが》わしいとも言えた。

一応《いちおう》、寮生《りょうせい》に限《かぎ》れば、私《わたし》、幸子、小百合、それに殺された水沢邦代、他に二人である。しかし、幸子はあの悲鳴の聞こえたとき、布団《ふとん》に入っていた。そうなると怪《あや》しいのは小百合である。

残る二人は、邦代を殺す積極的な動機に欠けていた。

いくらいやな先輩《せんぱい》だからといって、殺しまではしないだろう。

その点、小百合はどうだろう。恋人《こいびと》を邦代に盗《と》られて、恨《うら》んでいたことは間違《まちが》いない。それに、いつも子分のように顎《あご》で使われていることへの恨《うら》みもあるだろう。

それが一挙に爆発《ばくはつ》したとすれば……。これは一番筋《すじ》の通った説明である。

刑事《けいじ》に問われて、答えないわけにもいかず、私《わたし》は、邦代のことや、小百合とその恋人《こいびと》のことまでしゃべらされてしまった。

案の定、警察《けいさつ》は小百合への容疑《ようぎ》を強めたらしい。だが、直接的《ちょくせつてき》な証拠《しょうこ》は一つもない。

小百合の取り調べが続いている間に、私《わたし》は部屋へ戻《もど》ってみた。ずっと離《はな》れていたので、幸子が心配しているかもしれない、と思った。

「――どう?」

と、部屋へ入って行くと、幸子がゆっくり顔を向けた。

「何があったの?」

「うん……。実はね、人殺し」

私《わたし》は、事件《じけん》のことを話してやった。いつもなら目を輝《かがや》かせて食いついて来る幸子だが、今日はどうも元気がなく、

「そう、大変ね」

などとやっている。

「何だか変ね」

私《わたし》は幸子の額《ひたい》へ手を触《ふ》れて、「熱があるじゃないの!」

と言った。かなり熱い。

「少し……熱っぽい」

「少しどころじゃないわよ。お医者さんへ連れて行ってあげる」

私《わたし》は、急いで部屋を出ると、一階へ降《お》りて行った。

刑事《けいじ》の一人に事情《じじょう》を話すと、パトカーで送ってやると言ってくれた。早速戻《さっそくもど》って幸子を起こし、着替《きが》えさせて、階下へ連れて行った。

「すみません、どうも」

と、さすがに幸子も神妙《しんみょう》に礼を言っている。

そこへ、小百合が刑事《けいじ》に伴《ともな》われて出て来た。

「一応《いちおう》重要参考人として警察《けいさつ》へ来てもらうよ」

刑事《けいじ》の言葉に、小百合は黙《だま》って肩《かた》をすくめた。

小百合の後《うし》ろ姿《すがた》がパトカーへ消えるのを見送って、私《わたし》は何とも重苦しい気持ちだった。

4

「幸子、もう大丈夫《だいじょうぶ》なの？」

その朝、起き出した私《わたし》は、幸子がもう先に起きて、コーヒーを飲んでいるのを見て目を丸くした。

「うん、ゆうべ、ドッと汗《あせ》かいてね、そしたらいっぺんに熱下がっちゃった。どうもご心配おかけしました」

「本当よ。三日間も九度以上熱出してたんだから、よっぽどお宅《たく》へ電話しようかと思ったわ」

私《わたし》は欠伸《あくび》しながら、そう言った。幸子は、やはり多少青ざめてはいたが、いつも通りの笑顔《えがお》を取《と》り戻《もど》している。

「こんなに早く起きてどうするの？」

「三日も休んじゃったもの。授業《じゅぎょう》にバッチリ出ようと思ってさ」

「まあ頑張《がんば》って」

と、私《わたし》はからかうように言った。

「——例の事件《じけん》、どうなった?」

一緒《いっしょ》にトーストを食べていると、幸子が訊《き》いた。

「花塚小百合は否認《ひにん》してるようよ。でも、警察《けいさつ》じゃ間違《まちが》いなく、彼女《かのじょ》の犯行《はんこう》とにらんでるようね」

「フーン。でも、同情《どうじょう》するな、やっぱり。水沢さん、殺されたって、自業自得《じごうじとく》よ」

「そうね。やったのなら、犯行《はんこう》を認《みと》めれば、情状酌量《じょうじょうしゃくりょう》してくれるだろうけど……。あ、幸子、行っていいわよ。私《わたし》、後は片付《かたづ》けとく」

「そう? 悪いわね」

幸子は仕度《したく》をして、一時間目の授業《じゅぎょう》から出席しようと、張《は》り切《き》って出て行った。

皿やカップを洗《あら》っていると、ドアを叩《たた》く音がした。出てみると、おじさんが、下に刑事《けいじ》が来ていると言う。

一階へ降《お》りて行くと、事件《じけん》当日に会った、若《わか》い刑事《けいじ》が立っていた。

「――どうも行《い》き詰《づ》まっていましてねえ」

表の林の中を歩きながら、刑事《けいじ》が困《こま》ったように頭をかいた。「花塚小百合は否認《ひにん》し続けているし、こちらも直接証拠《ちょくせつしょうこ》が何もないんです。確《たし》かに花塚小百合には動機もあったし、あなたが物音を聞いて下へ降《お》りて行ったとき、一階の廊下《ろうか》にいた。状況《じょうきょう》証拠《しょうこ》にはなります。しかし、ナイフには指紋《しもん》がなかったし、彼女《かのじょ》の手からも血液反《けつえきはん》応《のう》が出ない。――これでは有罪《ゆうざい》の決め手にはなりません」

「それで、私《わたし》に何を……」

「あなたは、なかなか頭もいいし、冷静に物事を眺《なが》めていらっしゃるようだ。――実はね、殺されたとき、水沢邦代が、一〇三号室で何をしていたのか、それが分からないんです」

それは私《わたし》も考えていた。まさか昼間から、逢《あ》い引《び》きでもあるまいが。

「誰《だれ》かと会う約束をしていたのかもしれませんわ。恋人《こいびと》でなくても、もし、誰《だれ》かと秘《ひ》密《みつ》の話があるとしたら、あそこを使ったかも……」

言いかけて、私《わたし》はハッとした。もしそうならば、その相手は花塚小百合ではないはずだ。小百合と話をするのに、何も一〇三号室を使う必要はない。二人は同室なのだから、自分たちの部屋で話をすればいいわけだ。

「――花塚小百合さんの彼氏《かれし》のことは分かりまして？」

と、私《わたし》は訊《き》いた。

「ええ、K大学の四年生でね、大村《おおむら》という男です。――こいつがどうもプレイボーイでしてね、花塚小百合、水沢邦代の他にも、あれこれと手を出していたらしいんです」

「まあ、それじゃ――」

「もし、花塚小百合が、奴《やつ》のために水沢邦代を殺したんだとしたら、全く貧乏《びんぼう》くじを引いたというもんですな。二人以外で、恋人《こいびと》がいる寮《りょう》の学生さんを知りませんか？」

私《わたし》は首を振《ふ》った。別にこちらは情報局《じょうほうきょく》ではないのだ。

「もし何か思い出したら、知らせて下さい」

と言って、刑事《けいじ》は帰って行った。

私《わたし》は何となくいやな気分だった。何だか、自分が警察《けいさつ》に友人のことを密告《みっこく》している
ような気がしたのだ。

少しムシャクシャして、今日は授業《じゅぎょう》をサボっちまえ、と思った。この程度《ていど》で休んじ
まっちゃ、年中休んでなきゃいけないかもしれないが。

学生食堂へ行った私《わたし》は、まだ昼食にも早過《はやす》ぎるので、コーヒーを飲んで、時間を潰《つぶ》
した。部屋で自分が淹《い》れた方が遥《はる》かに旨《うま》い、と内心ブツブツ言っていると、

「村田さん」

と、声をかけられて顔を上げた。

生協の売店の女の子である。

「ちょうど良かった。三井幸子さん、もう治った?」

「ええ、もう今日から授業《じゅぎょう》に出てるわ」

「あらそう。実はね、この間、売った薬のお金、間違《まちが》ってたの。百五十円、余分《よぶん》にもらっちゃって。――返しといてくれる？」

「いいわよ。預《あず》かっとく」

「じゃ、お願い。風邪薬《かぜぐすり》と睡眠薬《すいみんやく》、両方とも六百円だと思ったら、一つが四百五十円だったの。じゃ、説明しといてね」

「了解《りょうかい》」

風邪薬《かぜぐすり》は分かるけど、あの幸子が睡眠薬《すいみんやく》？

私《わたし》はおかしくなった。幸子が不眠症《ふみんしょう》なんて話、聞いたことがない。胃の薬か何かと間違《まちが》えたんじゃないの？

寮《りょう》の部屋へ戻《もど》ると、布団《ふとん》が敷《し》きっ放しになっている。そうか、上げない内に刑事《けいじ》が来て呼《よ》ばれたんだっけ。――自分の布団《ふとん》を上げ、幸子のを上げようとしたが、昨夜大《おお》汗《あせ》をかいたと言ってたのを思い出した。

天気はあいにく、また曇《くも》り空《ぞら》である。

「そうだ、乾燥機《かんそうき》……」

と思い付くと、他の部屋へ探《さが》しに行った。

一階で見付けて階段《かいだん》の方へ下げて行くと、一〇三号室のドアが開いて、おじさんが出て来た。私《わたし》は声をかけた。

「また入り手がいなくなったんじゃない？」

「いや、来週には入って来るとさ」

「へえ！　いい度胸《どきょう》ね」

「だから窓《まど》を直してたのさ。鍵《かぎ》がいかれてたんでな」

「窓《まど》の鍵《かぎ》が？――壊《こわ》れてたの？」

「ああ、そうだよ」

すると……犯人《はんにん》は外から入った――窓《まど》から侵入《しんにゅう》したとも考えられるではないか。いや……あのとき、外は雨だった。外から来れば、泥《どろ》の足跡《あしあと》が畳《たたみ》に残るはずだ。

その辺は、警察《けいさつ》も考えているだろう。

二階へ戻《もど》った私《わたし》は、幸子の布団《ふとん》の間に袋《ふくろ》を入れ、乾燥機《かんそうき》のスイッチを入れた。熱風で袋《ふくろ》が膨むと、かけ布団《ぶとん》が盛《も》り上《あ》がって、まるで誰《だれ》かが眠《ねむ》っているようだ。

ふっと笑って、さて少し勉強でもしようかと机《つくえ》に向かったとき、ある考えが頭をよぎった。

「まさか……」

呟《つぶや》きが洩《も》れた。そして、私《わたし》は顔を両手の中へ埋《う》めていた……。

「ただいま。——紀子。どこ?」

三井幸子は、部屋へ帰って来ると、部屋を見回した。奥《おく》の部屋で音楽が聞こえる。入ってみると、カーテンが引かれて薄暗《うすぐら》く布団《ふとん》が敷《し》かれている。

「紀子、今度はあなたが風邪《かぜ》?」

と幸子が言うと、途端《とたん》に明かりがついた。

「——ああ、びっくりした。何だ、乾燥機《かんそうき》か」

「そう。ちょっと見ると、誰《だれ》かが寝《ね》ているように見えるわね」

私《わたし》は明かりのスイッチの所に立っていた。

「何をしてるの？」

と、幸子がいぶかしげに訊《き》く。

「――幸子。あなただったのね、水沢邦代を殺したのは」

幸子の顔が青ざめた。

「紀子……」

「あなたは生協で睡眠薬《すいみんやく》を買って、あのとき、私《わたし》が回覧板《かいらんばん》を持って外へ出ている間にコーヒーへ入れた。そして、一〇三号室に、予《あらかじ》め水沢邦代を呼《よ》び出《だ》しておいて、私《わたし》が眠《ねむ》ると、窓《まど》から紐《ひも》を――たぶん物干《ものほ》し用のロープを下げて、真下の一〇三号の窓《まど》から中へ入った。窓《まど》の鍵《かぎ》が壊《こわ》れているのを知っていたから。たぶん、あの大村っていう男と、窓《まど》から入っては一〇三号で会っていたんじゃない？――そして水沢邦代を刺《さ》し殺した。私《わたし》は、悲鳴を聞いて、目が覚めたけど、あなたの布団《ふとん》が盛《も》り上《あ》がっているのを見て、あなたが寝《ね》ているものと思ったわ。でも、それは乾燥機《かんそうき》をかけてあっただけなのね。カーテンを引いて薄暗《うすぐら》くしてしまうと、ちょっと見たぐらいじゃ分からない」

「紀子――」

「窓《まど》から入っても、地面に足をつけていないから、足跡《あしあと》も残らない。そして、またロープを伝って、二階の窓《まど》から入って来た。私《わたし》は下へ行ってしまっていたものね」

「待ってよ。あの日は雨だったのよ。そんなことをすれば、私《わたし》、びしょ濡《ぬ》れになったはずじゃないの」

「そうよ。だから、最初は仮病《けびょう》だったのに、本当に風邪《かぜ》を引いたんだわ。雨の中、裸《はだか》で降《お》りて行ったんですものね。それなら返り血を浴びても心配ない。でもあの寒さが……」

幸子は、ふうっと息を吐《は》き出《だ》した。

「その通りよ。大村が、そんなに色々と、手を出していたとは思わなかった。馬鹿《ばか》なことしたわ。でもホッとしたわ、紀子が言ってくれて」

「自首してくれるわね?」

幸子は微笑《ほほえ》んで、言った。

「うん。——ね、時々ケーキを差し入れてくれない?」

「コレクター」になった日

1

「言っときますけどね」

彼女《かのじょ》の声は、まるでマイクでも使っているかの如く、喫茶店《きっさてん》の中に響《ひび》きわたった。

「私《わたし》、あなたみたいな、がさつなタイプの男って、嫌《きら》いなの。分った？　もう、声をかけて来ても返事はしないからね」

正に、ピシャリ、と眼前《がんぜん》で戸を閉《し》めるように言って、彼女《かのじょ》は足早に喫茶店《きっさてん》を出て行った。

――しばし、喫茶店《きっさてん》の中は静まり返っていたが、やがて元のざわざわした空気に戻《もど》る。もちろん、どの席でも、今の「出来事」に関して、

「気の強い娘《むすめ》だな」

「あの男の子、可哀《かわい》そうに。真青《まっさお》よ」

といった会話が交《か》わされていることは分り切っていた。

大勢《おおぜい》の目の前で、女性《じょせい》から面と向ってああ言われたら……。青くなるのも当然のことだ。

松永俊一《まつながしゅんいち》は、コーヒーカップを手にしたまま、青ざめて、飲むのも忘《わす》れていた。

——しかし、松永は、彼女《かのじょ》から言われた当人ではなかった。少し離《はな》れた席で、彼女《かのじょ》が、ちょっとキザなプレイボーイ気取りの相手をやっつけるのを、「見物」していたのである。

言われた当の「がさつな男」は、周囲の視線《しせん》を、当然のことながら、いやというほど感じていただろう。顔から血の気がひいていたが、そこは何とか最後のプライドだけは保《たも》とうと、自分のコーヒーを飲《の》み干《ほ》すと、椅子《いす》をずらし、テーブルの上の伝票をつかんで立ち上った。

が、動揺《どうよう》しているせいだろう、彼女《かのじょ》が、ちゃんと自分の飲んだジュースの分の代金を、伝票の上に置いて行ったことに気付いていなかったのである。

喫茶店《きっさてん》の床《ゆか》に、派手《はで》な音をたてて硬貨《こうか》が散らばった。この気の毒な男は、もう一度喫茶店《きっさてん》中の客の目をひくことになって、真赤《まっか》になった。

落ちて方々へ転がって行った硬貨《こうか》を、いちいち拾《ひろ》うわけにもいかなかった。その一つが、松永の足下《あしもと》までツーッと転がって来て、テーブルの足に当り、チリチリと音をたてて止った。

その男は、もう体裁《ていさい》を構《かま》う余裕《よゆう》などなかった。足早にレジへ行くと、伝票と千円札を一緒《いっしょ》に置いて、逃《に》げるように店を出て行ってしまう。レジの女の子が、

「おつりが――」

と言いかけたときには、もう男の姿《すがた》は消えていた。

笑い声が起こった。やれやれ、ひどく取《と》り乱《みだ》していたな。可哀《かわい》そうに。

しかし、あの娘《むすめ》、本当に美人じゃないか。あの男じゃ、やっぱり不つりあいだよ……。

そんな会話の断片《だんぺん》が、松永の耳に届《とど》いて来る。

「ね、百円玉。どうしたらいい?」

落ちた硬貨《こうか》を拾《ひろ》った女の子が言う。

「いただいとけよ。あとで拾《ひろ》いにゃ来ないだろう」

「そうね」

屈託《くったく》のない笑い声。——松永は、自分の足下《あしもと》に落ちている十円玉を、じっと見下ろしていた。

拾《ひろ》う気にはなれない。その十円玉は、まるで床《ゆか》がじっと松永を見上げている、その「目」のようにも見えた。

その目は語っていた。

分るだろう？　あれがお前の運命さ。彼女《かのじょ》に惚《ほ》れたりすりゃ、あの男と同様に、人前でピシャリとやっつけられるだけ。恥《はじ》をかき、二度と女に近付けなくなってしまうかもしれないぞ。

やめとけ、やめとけ。お前には、もっとふさわしい子がいるよ。そうだろう？

そう。——分っている。

松永にも分っていた。でも、分ったからといって、諦《あきら》められるものならば、そんなのは恋《こい》ではない。

とても、相手が応《こた》えてくれそうにないと思えば、ますます燃《も》え立《た》つのが恋《こい》というものである。――だから、松永俊一は、やっぱり室田恵《むろためぐみ》を恋《こい》していたのだった。

＊

それにしても……。

松永は、夜の街を歩きながら、考えていた。――どうして、ドラマの中のようなことが、現実《げんじつ》のこの世の中には起こらないんだろう？

それが当り前と言ってしまえばそれまでだが――でも、自分のように、二十五歳《さい》の今日まで、何一ついい思いなんかさせてもらったこともない人間に、一つぐらい人生から「プレゼント」があってもいいんじゃないだろうか。

たとえば、不良にからまれている彼女《かのじょ》を見付けて助けるとか……。松永は体も大きく、腕力《わんりょく》には自信があった。

しかし、女に対しては、まるで子供《こども》のように緊張《きんちょう》し、言いたいことも言えなくなる。それに、どうひいきめに見ても、松永は女の目をパッとひきつけるほどの二枚目《まいめ》とは、ほど遠いのである。

室田恵は女子大生で、今、二十一歳《さい》。松永が彼女《かのじょ》に惚《ほ》れてしまったのは、彼《かれ》の勤《つと》めている食品会社——といっても、松永はその製品《せいひん》を運ぶトラックの運転手なのだが——が、その大学の学生食堂へ製品《せいひん》を入れていて、たまたま段《だん》ボールを運んでいた彼《かれ》の前を、彼女《かのじょ》が横切って行ったという、それだけのことなのだった。

一目惚《ひとめぼ》れ。——松永は、自分がそんなはめになろうとは、想像《そうぞう》したこともなかった。

現実《げんじつ》は、到底《とうてい》手の届《とど》かない高みにある「花」を、松永に見せてくれたのだ……。

それが二カ月前のことで、あれ以来、松永の眼前《がんぜん》を、いつも室田恵の底抜《そこぬ》けに明るい笑顔《えがお》と、高慢《こうまん》そうな目と、スカートから覗《のぞ》く太ももの、まぶしい白さがチラつくのだった。

松永は、できる限《かぎ》りのことを調べた。大体、彼女《かのじょ》の名前が室田恵だということを調べ上げるまでがひと苦労。そして、こっそりとあとをつけて彼女《かのじょ》の自宅《じたく》をつきとめ、毎日、どの道を通って駅へ出るか、何曜日は何時に大学へ行くのか、遊びに出るのはどの辺りか……。知り得る限《かぎ》りのことを調べた。

しかし、それが松永と室田恵の間の距離《きょり》を、少しでも縮《ちぢ》めてくれたわけではない。相変らず、彼女《かのじょ》にとって松永は「ゼロ」でしかないのだ。

何か方法はないだろうか？　彼女《かのじょ》が松永の存在《そんざい》に気付き、目を向けてくれるような、そんなうまい方法が。

――ふと、足を止めると、見なれない道を歩いていた。

どこだ、ここは？　夜になると、よくこの辺りで飲むので、たいていの道は知っているが……。こんな寂《さび》しい道があったっけ？

いやに暗くて、人通りもなくて……。

たった一つ、そのネオンサインが、声を上げて彼《かれ》を呼《よ》んでいるかのようだった。

〈名画座《めいがざ》〉。——〈名画座《めいがざ》〉だって？

そんなものに用はないよ。特別映画《えいが》好きってわけじゃないしな、俺《おれ》は。

しかし、何となく、松永は地下へ下りる急な狭《せま》い階段《かいだん》を下り始めていた。入口にポスターが貼《は》ってあり、そこには〈コレクター〉とあった。

妙《みょう》な映画館《えいがかん》だ。券《けん》を買う所もなきゃ、人もいない。重い扉《とびら》を開けると、カラーの画面が、緑一杯《いっぱい》の田園風景を映《うつ》し出《だ》している。

そこで、網《あみ》を手に駆《か》け回《まわ》っている男。——どうやら、蝶《ちょう》を採集《さいしゅう》しているらしい。それで〈コレクター〉か。

大して面白《おもしろ》くもなさそうだ、と思ったが、ともかく腰《こし》をおろすことにした。他に客は、と見回すと、一番前の列に一つ頭が見えているが、他には誰《だれ》もいないらしい。

よく潰《つぶ》れないで、やってけるもんだな、このガラ空きで。

松永は、首を振《ふ》って、そう思った。しかし——十分としないうちに、松永はその映《えい》画《が》の中へ引《ひ》きずり込《こ》まれていた。他の客がいようといまいと、もうどうでも良かった。

その主人公は、蝶《ちょう》を採集《さいしゅう》することだけが楽しみの、当世風に言えば「暗い」男である。その彼《かれ》が、くじで大金を手に入れる。

郊外《こうがい》の一軒家《いっけんや》を借りた主人公は何をやろうとしているのか。――かねてから、ひそかに憧《あこが》れていた女子大生を誘拐《ゆうかい》し、その田舎《いなか》家の地下へ閉《と》じ込《こ》めるのだ。

しかし、力ずくで彼女《かのじょ》をものにしようとはしない。居心地《いごこち》のいいように、家具を揃《そろ》え、服も揃《そろ》えて、彼女《かのじょ》が自分に好意を持ってくれるのを待つのである。

しかし、そんなことが可能《かのう》だろうか？

松永は、食い入るように、スクリーンに見入っていた……。

2

「私《わたし》、帰る」

恵はそう言って、立ち上った。

「恵……」

友人の久代《ひさよ》が、困《こま》ったような顔で恵を見た。「もう少し、ここにいようよ。ね？」

「帰りたいの。久代、いればいいじゃない」

「だって――もう遅《おそ》いわ。一人で帰るの、危《あぶな》いわよ」

「平気よ。もう子供《こども》じゃないのよ」

「でも……。あと十五分。ね？　そしたら一緒《いっしょ》に帰るから」

久代は情《なさけ》ない顔で言った。

パーティは、大いに盛《も》り上《あが》っていた。久代がもう少しいたい、と言うのももっともだ。

「帰るわ」

恵は、パッと久代の手を振《ふ》り払《はら》って、出口の方へと歩き出した。

「恵！――ねえ、待ってよ！」

久代の声が、パーティの音楽の中に埋《う》もれて行く。

恵は、外へ出ると、当てずっぽうに歩き出した。――どっちから来たっけ？

恵は方向に弱い。しかも、来たときはまだ明るかったが、今はすっかり暗くなっている。

ともかく、足を止めずに歩いた。

面白《おもしろ》くなかった。何もかも。

久代ったら！　私《わたし》を一人で帰す気なんだわ。追ってこない。本当なら、走って追いかけて来て、

「一緒《いっしょ》に帰るわ。私《わたし》も本当は帰りたかったの」

とでも言うべきなのに。

――分っていた。久代が残りたがっているのは、前から目をつけていた男の子が、ちょうど遅《おく》れてやって来たからだということ。

そして、自分が帰ると言い出したのは、久代が楽しい思いをするのを、邪魔《じゃま》したいからだということも……。

「いやな奴《やつ》ね、あんた」

と、恵は呟《つぶや》いた。「最低の、やきもちやき！」

恵は、胸《むね》がチクリと痛《いた》むのを覚えた。

どうしていつも、こんな風なのだろう。

人を怒《おこ》らせたり、傷《きず》つけたりするのが、まるで生きがいみたいに。どうして、こんなことばっかりしてしまうのだろう。

私《わたし》だって……。私《わたし》だって、人から好かれてみたいのだ。

「恵っていい人ね」

と言われてみたい。

本当に、本当に、心から、そう願っている。熱望している、と言ってもいいくらいだ。

それなのに、口をついて出るのは、あんな憎《にく》まれ口《ぐち》。

恵は、いつも自分のことがいやになる。友だちなんか、そのうち一人もいなくなるだろう。

男？　男なんて、みんな同じ。

デートすればキスしたがる。キスすれば、もうどうでも思いのままになると思《おも》い込《こ》んでいる。

どうしてあんな男ばっかりなんだろう?

恵は、恋《こい》に憧《あこが》れている。恋《こい》してみたいと思っている。でも、だめなのだ……。

誰《だれ》も知らない。――そう。恵がどんなに友だちを愛しているか。好かれたいと思っているか。恵がどんなに寂《さび》しいか……。

道は、大して広くなかった。

その道幅《みちはば》、ほぼ一杯《いっぱい》に、ライトバンが停《とま》っている。

いやだわ……。塀《へい》との隙間《すきま》を抜《ぬ》けて行くしかない。服が汚《よご》れないかしら。

でも、車はライトも消えて、人はいないようだ。文句《もんく》も言えない。

仕方なく、体を横向きにして、車と塀《へい》の隙間《すきま》を通《とお》り抜《ぬ》けることにした。服がこすれないように用心しながら……もう少し。

と、そのとき、ガラッとライトバンの扉《とびら》が滑《すべ》るように開いた。

恵は顔に何か布《ぬの》を押《お》し当《あ》てられて、びっくりした。強烈《きょうれつ》な臭《にお》い。それを吸《す》い込《こ》むと、頭がくらっとして、よろけた。

ギュッと抱《だ》きしめられて、さらに強く、布《ぬの》を押《お》しつけられる。息を止めているのにも限度《げんど》があった。

吸《す》い込《こ》む度《たび》、気が遠くなって行くのが分る。誰《だれ》かが……誰《だれ》かが、私《わたし》に薬をかがせている。どうして？　一体何のために……。

それ以上は考えられなかった。恵は意識《いしき》を失って、崩《くず》れるように倒《たお》れた。

＊

「あなたが、もし——」

と突《つ》っかかるように言いかける妻《つま》を、

「よせ」

と、夫は止めた。「今さら何を言っても仕方ない」

「だって、あなた……」

妻《つま》が突《つ》っかかろうとした「あなた」は、夫のことではない。今、二人の前ですすり泣いている、加納《かのう》久代である。

「ともかく、恵を誘拐《ゆうかい》した犯人《はんにん》は、何か要求して来るはずだ。それを待とう」

と、室田は言った。

「本当に申《もう》し訳《わけ》ありません」

と、久代はかすれがちな声で言った。「私《わたし》が一緒《いっしょ》に帰っていれば……」

「いや、君のせいじゃない」

と、室田は、久代の肩《かた》を軽く叩《たた》いて慰《なぐさ》めた。「――だが、このことは誰《だれ》にも言わないようにしてくれ。いいね?」

久代は肯《うなず》いたが……。

「でも……警察《けいさつ》へ届《とど》けるとか、しなくてもいいんですか」

「もちろん、本来なら、届《とど》けるべきだ」

ソファに身を沈《しず》めて、室田は言った。どっしりと落ちついた姿《すがた》。神経質《しんけいしつ》にハンカチをいじくり回している妻《つま》とは対照的だった。

「しかし、恵は私《わたし》の娘《むすめ》だ。警察《けいさつ》へ届《とど》けて、犯人《はんにん》を刺激《しげき》することは避《さ》けたい。——分ってくれるね？　金で解決《かいけつ》することなら、いくらでも出す。警察《けいさつ》へ届《とど》けるのは、あの子が戻《もど》ってからでも間に合う」

「分りました」

久代は、室田の冷静さに感銘《かんめい》を受けていた。

室田は——どんな仕事をしているのか、久代はよく知らなかったが——ともかくその世界では「大物」と言われているということだ。

そして、今の態度《たいど》は、その風評《ふうひょう》を裏付《うらづ》けるものだった。

——久代は、結局、恵が帰ってから一時間、パーティに残っていた。そして帰り道、道端《みちばた》に落ちている恵のバッグと、引きちぎられたネックレスを見付けたのである。

久代は、どうしてもパーティに残りたかった。そして、充分《じゅうぶん》に残ったかいはあったのだ。ひそかに憧《あこが》れていた男の子と、たっぷり三十分も話《はな》し込《こ》むことができ、今度、彼《かれ》の方から電話してくれるという約束まで手に入れることができた。

明日になったら、きっと恵から散々いやみや皮肉を言われるだろうが、そんなことは大して気にもならなかったのである。恵は、表面上、わがままで強がって見せているだけで、実際《じっさい》のところは、傷《きず》つきやすい寂《さび》しがり屋《や》だということを、長い付合いの久代は知っていたのだ。

しかし、まさか――まさか、こんなことになるとは、思ってもいなかった……。

久代は、室田家を出た。

昼下りで、ひどく日射《ひざ》しがまぶしい。ゆうべ一睡《いっすい》もしなかったこと、そして家には、電話を一本入れただけだったことを思い出した。

疲《つか》れ切《き》ってはいたが、同時に（ひどく惨《みじ》めな気分になりながらも）お腹《なか》が空《す》いているのにも気付いた。

恵がどんな目にあっているか、分らないというのに……。でも、仕方ない。ゆうべのパーティだって、ろくに食べるものは出なかった。若《わか》い久代にしてみれば、空腹《くうふく》になって当然である。

恵の家のすぐ近くにレストランがあった。昼食どきを過《す》ぎているので、空《す》いていたし、久代は、手早く食べて行くことにして、中へ入った。

窓際《まどぎわ》の席は避《さ》けた。もし、恵の父親でも出て来て、目についたらいやだったからである。

奥《おく》まった席で、コーヒーとカレーを頼《たの》む。できるだけ簡単《かんたん》なものを注文したのが、久代なりの、恵への「お詫《わ》び」でもあった。

すぐに目の前に置かれたコーヒーを一気に飲《の》み干《ほ》して、喉《のど》がかわいていたことを知った。

おかわりをもらって、やっと気持が落ちついて来る。

恵を誘拐《ゆうかい》……。一体誰《だれ》がそんなことをしたのだろう？

お金が目当て、ということなら、分らなくはない。室田家は金持で、「狙《ねら》いがい」

のある家だ。

もしこれが、恵個人《こじん》を狙《ねら》ったものだとしたら……。恵は無事では戻《もど》らないだろう。

恵を恨《うら》んでいる男の子は大勢《おおぜい》いる。ともかく恵は自分が可愛《かわい》くて、男の目をひくことを充分《じゅうぶん》に承知《しょうち》していて、身近に引《ひ》き寄《よ》せておいて、ポンとけとばしてしまう。

そんなこと、よしなよ。久代は、いつも恵にそう言ってやったものだ。でも、恵は肩《かた》をすくめて笑うだけだった。

ただ、いくら恵に振《ふ》られたといっても、人を誘拐《ゆうかい》しようというのは、普通《ふつう》じゃない。そんなことをしそうな男がいるだろうか？

——久代は、恵の家でずっと泣いていたので、ひどい顔をしているに違《ちが》いない、と、思った。

カレーが来る前に、ちょっと顔を洗《あら》っておこう。家にも電話しなくては。

洗面所《せんめんじょ》へ行って、顔を洗《あら》い、髪《かみ》を少し直して、大分生き返った気分になる。自分の外見がすっきりしたことを確《たし》かめると、人間はずいぶん気分的にも落ちつくものだ。

席へ戻《もど》ろうと、洗面所《せんめんじょ》を出て、

「——あ、ごめんなさい」

誰《だれ》かとぶつかりかけて、よろけた。

「どうも……」

失礼、とでも言ったのだろうか。口の中でモゴモゴと呟《つぶや》いて、入れ代りに洗面所《せんめんじょ》に入って行く、若《わか》い男……。

席へ戻《もど》りつつ、久代は首をかしげていた。

今の人、どこかで見たような気がするけど——。どこでだろう?

体ががっしりした感じなのに、いやに気の弱そうな人。確《たし》かにどこかで見たような……。

でも、どうしても思い出せない。

席に戻《もど》ると、カレーが来ていた。久代はほとんど夢中《むちゅう》になって、カレーに取りかかった。

たった今、ぶつかりかけた男のことは、少なくとも、カレーを食べている間、久代の頭からは、消えてしまっていたのである。

アッという間にカレー皿を空にして、久代は息をついた。水を飲もうとして、コップが空になっているのに気付いた。

水。——お水、もらえないかな。

久代は店の中を見回した。すると、さっきの男が洗面所《せんめんじょ》から出て来るのが目に入った。

そのとき、思い出した。

あの人、大学へよくトラックを運転して来る人だわ。そう、学食の近くで何度か見かけたことがある。

でも……。こんな所で何してるんだろう?

久代は、そばにウェイトレスが立っているのに気付いて、

「あ——あの、お水、下さい」

と、あわてて頼《たの》んだのだった……。

3

加納久代は、決して無鉄砲《むてっぽう》な娘《むすめ》ではない。

冒険《ぼうけん》好きとか、ミステリーマニアというわけでもない。むしろ、ロマンチックな恋《れん》愛《あい》に憧《あこが》れたり、逞《たくま》しい男性《だんせい》の胸《むね》に抱《だ》かれて、ウットリとする自分を夢見《ゆめみ》ているタイプなのである。

しかし――やはり、室田恵が何者かに誘拐《ゆうかい》されたことでは、久代なりに責任《せきにん》を感じていて、それが、いつもなら、やるはずのない行動をとらせたのだろう。

久代は、自分でも信じられなかった。

私《わたし》、何をしているのかしら?――こんなお尻《しり》の痛《いた》い所に座《すわ》って。

痛《いた》いのは当り前だ。ライトバンの荷台に、ペタンと座《すわ》り込《こ》んでいるのだから。やはり、座席《ざせき》にクッションというものが必要なのだということを、久代は思い知ることになった。
――久代がこんな所にいるのは、室田家を出て、向いのレストランに入っていると
き、いつも大学へトラックを運転して来ている男を見かけたからだった。
もちろん、偶然《ぐうぜん》そこに居合《いあ》わせただけ、という可能性《かのうせい》もあるが、恵がいなくなった
翌日《よくじつ》、という点が引っかかった。しかも、レストランでも窓際《まどぎわ》に座《すわ》って、じっと室田
邸《てい》の方を眺《なが》めている。
レストランを出ると、その男は室田邸《てい》の周囲をゆっくりと回りながら、明らかに中
の様子を探《さぐ》ろうとしている気配。――怪《あや》しい、と久代は直感した。
もしかすると、この男が恵を誘拐《ゆうかい》したんじゃないかしら、と考えたのだ。そして、
男が停《と》めてあったライトバンに乗《の》り込《こ》むのを見て、ほとんど発作的《ほっさてき》に――とでも言う
しかない――荷台へと忍《しの》び込《こ》んでいたのだった。
車は、郊外《こうがい》の方へと出て、何だか人気のない川沿《かわぞ》いの道を走っていた。
久代は、そっと頭を持ち上げてみたが、その男は一向に気が付く様子もない。どこ

へ行くんだろう？

ガクン、と車が大きく揺《ゆ》れて、久代は危《あや》うく声を出すところだった。ライトバンは坂道を下って、やがて停《とま》った。

バタン、とドアの音――。男が外へ出て行く。

しばらくはこのままでじっとしていよう、と久代は思った。男が戻《もど》って来ないとも限《かぎ》らないし、もし恵のいる場所の近くなら、向うも用心しているだろうし……。

「――そうだな」

と、人の声が、窓《まど》の隙間《すきま》から聞こえてきた。

「じゃ、あとはよろしく」

「ご苦労さん」

二人の男が話をしている。そして足音が遠ざかって……。

久代は、そっと体を起こした。関節が痛《いた》い！

「探偵《たんてい》って楽じゃないのね」

と、久代は呑気《のんき》なことを言っている。

ギー。ガタガタ。

何の音だろう？　久代は、窓《まど》から外を覗《のぞ》いてみた。

スクラップになった車の山。高さが一体何メートルあるだろう？

「凄《すご》い……」

こういう廃車《はいしゃ》の置場なんだわ、ここ。――久代は、車から降《お》りようと荷台のドアへと這《は》って行った。とたんに――。

グラッと車が揺《ゆ》れた。ガタン、と車の天井《てんじょう》が大きな音をたてる。

「ど、どうしたの？」

と思わず口走った。

すると――車がフワッと宙《ちゅう》に浮《う》かび上ったのだ！　久代は仰天《ぎょうてん》した。

「何よ、これ！」

外を見て、やっと気が付いた。大きなクレーンで、この車を吊《つ》り上《あ》げているのだ。

どんどん車は高く持ち上げられて行く。

あのスクラップの中へ投《な》げ込《こ》まれる！　冗談《じょうだん》じゃないわ！

〈007〉とか、映画《えいが》じゃよくある場面だけど、実体験したくはない！

久代は窓《まど》を大きく開けると、

「やめて！　助けて！」

と、大声を上げたのだった。

＊

「誰《だれ》が誘拐《ゆうかい》されたって？」

と、松永は言った。

「恵よ。――室田恵よ」

久代はそう言って、震《ふる》えそうになる体を必死で引きしめ、松永という男をにらんだ。

「あんたがやったんでしょ！」

「馬鹿《ばか》言え。何で俺《おれ》が――」

「私《わたし》を車ごとスクラップにして、殺そうとしたじゃないの」

松永は、ムッとした様子で、

「そっちが勝手に乗《の》り込《こ》んで、隠《かく》れてたんだぞ。こっちが知るわけないだろ」

そう言われて、久代もたじろいだ。

ガーンと大きな音がして、振《ふ》り向《む》くと、あのライトバンがスクラップの山の中へと落ちて、ガラスが粉々に砕《くだ》け飛ぶのが、目に入った。

久代は改めてゾッとしたが……。

冷静になって考えてみると、確《たし》かにこの男が自分を殺そうとしたと見るのは、無理があるようだ。

「俺《おれ》は頼《たの》まれて、あのポンコツをここまで運転して来ただけだよ」

と松永は言った。「それのどこが誘拐《ゆうかい》なんだよ」

「分ったわよ」

と、久代は口を尖《とが》らして、「でも――あんた、大学へトラック運転して来てるでしょ。さっき、恵の家を覗《のぞ》いてたじゃない」

松永は、ちょっと目をそらして、

「知ってるのか」

と言った。「――確《たし》かに、俺《おれ》は室田恵に惚《ほ》れてるんだ。でも、誘拐《ゆうかい》なんてしやしないぜ。そんなことしてたら、家の回りをうろついたりすると思うかよ」

「まあ……そうだけど」

「だけど、本当に誘拐《ゆうかい》されたのか、あの子」

「私《わたし》が嘘《うそ》ついて、どうするの？」

松永はじっと久代を見ていたが、やがて、

「話してくれ」

と、真顔で言った。「どんな様子だったんだ？」

久代は、話しているうちに、どうやらこの松永という男は、恵をさらってはいないらしい、と思えてきた。

少々いかつくて、とっつきは悪いが、根は正直な男のようである。

川べりの道を歩きながら、久代は、パーティの帰り道、恵が姿《すがた》を消して、あとにバッグとネックレスが落ちていたことを説明した。

松永は、少し難《むずか》しい顔で話を聞いていたが、

「――犯人《はんにん》からは、何も言って来てないのか？」

「ええ。少なくとも、私《わたし》が出て来るときまでは」

松永は黙《だま》って肯《うなず》いた。そして、少し考《かんが》え込《こ》んでいたが――。

「あそこに電話ボックスがある」

と、急に足を止めて、言った。「電話してみろよ」

久代は、面食らった。

「どこへ？」

「決ってるだろ。室田恵の家さ。犯人《はんにん》が何か言って来たかどうか、訊《き》くんだ」

「でも——」

久代は、言いかけて、「分ったわ。かけてみる」

と言うと、ボックスへ向って駆《か》け出《だ》して行った。

「——どうだった？」

松永が訊《き》くと、

「要求して来たって。五千万円。——あの家、お金持だから、何とかして作るでしょうけどね」

と、久代は少し息を弾《はず》ませながら言った。

「要求してきたのか」

「そうよ。でも、却《かえ》ってその方が——」

松永がいきなり大股《おおまた》に歩き出したので、久代はびっくりして追って行った。

「どうしたのよ！」

「行ってみるんだ、あの家へ」

松永は、広い通りへ出ると、タクシーを止めた。

「どうするの、行って?」

「そんなの分らないさ。ともかく、何となく妙《みょう》な気がしてるんだ。早く乗れ。置いてくぞ」

「はいはい」

久代はふくれっつらで、タクシーへ乗《の》り込《こ》んだ。

——道が空《す》いていたせいか、一時間ほどで室田邸《てい》の近くへ来る。

少し手前でタクシーを降《お》り、二人は歩いて行った。

「ねえ、何を考えてるの?」

と、久代は言った。

「考えてやしないよ。見に行くだけさ」

「何を?」

「分らない」

久代は、このさっぱり「分らない」男に苛立《いらだ》ちながらも、何となく興味《きょうみ》をひかれるものを覚えていた。少なくとも、この松永は、大学の男の子たちとは、まるで別世界の人間のようだ。

室田邸《てい》の門が静かに開いた。車が滑《すべ》るように出て来る。

「あれ、室田さんの車だわ」

と久代は言った。「お金を用意しに行くのかしら」

車は、二人のわきを駆《か》け抜《ぬ》けて行った。

「——今のが、親父《おやじ》さんか？」

と松永が訊《き》いた。

「ええ、そうよ。運転してるの見えたでしょ？」

松永が、また出《だ》し抜《ぬ》けに歩き出した。久代は、また走って追いかけなくてはならなかった。

「今度は何よ！」

「金、持ってるか？」

「お金？」

「今のタクシー代で、もう財布《さいふ》が空だ。レンタカー、借りたい。金、あるか？」

「少しくらいなら」

「出せ」

「車借りて、どうするの？」

「いいから出せ」

久代は、諦《あきら》めてバッグを開けると、やけ気味になって、財布《さいふ》ごと松永へ渡《わた》してしまったのだった……。

4

「この道……」

と、久代は言った。「憶《おぼ》えがあるわ、何となく」

「室田家の別荘《べっそう》がある。この先だ」

と、松永は言った。

車は、山の中の道を走り続けている。

「そう……。そうだわ。でも、どうして知ってるの？」

「調べられることは、全部調べた」

と、ハンドルを握《にぎ》って、じっと前方を見つめながら、松永は言った。「――侘《わび》しいもんさ。どうせ手の届《とど》かない花だ。せめて、どんな所に住んで、どんな所で遊んでいるのか、知りたかったんだ」

久代は、松永の口調ににじむ寂《さび》しさに、本当の心を感じた。――この人は嘘《うそ》をついていない。久代にとって、そんな風に感じられる男性《だんせい》は、初めてだった。

「どうして、別荘《べっそう》に行くの？」

と訊《き》いたが、松永は答えない。

不思議なことに、久代は、それに腹《はら》を立てなくなっていた。

「――恵は、とても寂《さび》しいのよ」

と、久代は言った。「はた目には、高慢《こうまん》な子に見えるだろうし、確《たし》かに、男の子をずいぶん振《ふ》って来た。でも、振《ふ》られてもしょうがないようなのばかりだったのよ」

松永は、じっと前方を見据《みす》えたままだった。

「あの子の家……。こんなこと言ったら悪いかもしれないけど、ご夫婦《ふうふ》があんまりうまく行ってないみたい。恵、ずっとそういうご両親を見て育ったせいで、あんな風になっちゃったんじゃないのかな。強がってるけど、その実、弱いの。でも、それを隠《かく》すために、ますます強く出る」

久代は首を振《ふ》って、「ゆうべ、恵が帰っちゃったのも、私《わたし》が男の子を待っていると知ってて、寂《さび》しかったからだわ。その気持をああいう風にしか、表現《ひょうげん》できない子なのよ」

松永は、黙《だま》っていた。久代の話は、確《たし》かに聞こえていただろうが、松永は何も言わなかった……。

「――もうじきだ」

と、口を開いたのは、十分近くたってからだった。

別荘《べっそう》には人気がなかった。当然のことではあったが。

「――どうするの?」

と久代は言った。

「入れる場所を捜《さが》してる」

と松永は歩きながら言った。

「そんな! 勝手に入るなんて……」

「入るのは俺《おれ》さ。君は関係ない」

松永は、手近な石をつかむと、窓《まど》の一枚《いちまい》をアッサリ叩《たた》き割《わ》った。

「私《わたし》も入るわよ」

久代は意地になっていた。

別荘《べっそう》の中へ入《はい》り込《こ》むと、松永は、まず一階、そして二階と、次々に見て行った。

しかし、どこにも人の姿《すがた》はない。

「何を捜《さが》してるの？」

「おかしいな……。ここじゃないのか」

松永は、一階の玄関《げんかん》ホールへ来て、息をついたが……。「おい！　聞こえるか」

「え？」

久代は耳を澄《す》ました。——どこかで、トン、トン、と叩《たた》くような音がしている。

「そうだわ、ここ、地下室がある」

「そこだ！　入口、分るか？」

「たぶん……裏口《うらぐち》のそば」

地下へ下りる入口は、背《せ》が低く、棚《たな》で隠《かく》してあって、すぐには目につかないようになっていたのだ。

中へ入って、手探《てさぐ》りで明りを点《つ》ける。

狭《せま》い階段《かいだん》を下りて行くと、地下室が目に入った。

「恵！」

ベッドの上に、恵が目かくしをされ、手足を縛《しば》られて、横たわっていた。

「大丈夫《だいじょうぶ》？」

と、久代は、恵を抱《だ》きかかえるようにして、一階へ上って来た。

「ありがとう……。怖《こわ》かった……」

恵はすすり泣いていた。

「この人が見付けてくれたのよ」

恵が松永を見る。——初めて、松永が頬《ほお》を染《そ》めた。

「でも、恵、どうしてお宅《たく》の別荘《べっそう》に……」

「分らないわ。まさか、自分の家の別荘《べっそう》にいたなんて！」

恵は信じられないように、別荘《べっそう》の中を見回した。

「家へ帰ろう」

と、松永は言った。「あとで、何もかも分るよ」

＊

室田は、革《かわ》のボストンバッグを、テーブルに置いた。

「あなた……」

「五千万、何とか用意した。——これで恵が戻《もど》れば、安いもんだ」

「あなた——」

室田は、ドアが開いて、見知らぬ男たちが入って来るのを見た。

「誰《だれ》だ？」

「警察《けいさつ》の者です」

と、その一人が言った。「お嬢《じょう》さんの誘拐《ゆうかい》の知らせを受けましてね」

「お前、知らせたのか！」

と、室田は妻《つま》をにらんだ。

「私《わたし》じゃないわ！」

「じゃ、誰《だれ》だって言うんだ！」

「室田さん」

と、刑事《けいじ》が言った。「お気持は分りますが、我々《われわれ》もお嬢《じょう》さんの安全を第一に、行動します」

「しかし……」

と言いかけて、室田は息をついた。「分りました。知れてしまったものは仕方ない。犯人《はんにん》は五千万、要求して来ました。ここに用意してある。ともかく、娘《むすめ》が戻《もど》るまで、手は出さんで下さい」

そのとき、

「戻《もど》ったわ」

と、声がした。

誰《だれ》もが、呆然《ぼうぜん》としていた。

「恵！　まあ、無事で！」

　と、母親が駆《か》け寄《よ》る。

「そりゃ無事よ」

　と、恵は言った。「私《わたし》を誘拐《ゆうかい》したのは、お父さんですもん。警察《けいさつ》へ知らせたのもね」

「何を言うんだ！」

「自分の別荘《べっそう》に監禁《かんきん》されるなんて、思いもしなかった。――お父さん、その中の五千万円、見せてちょうだい」

　室田が真青《まっさお》になった。そして、よろけるようにソファに身を沈《しず》めると、頭を抱《かか》えて、呻《うめ》くような声を出した……。

「会社の……会社の金に、手をつけてしまったんだ。女に狂《くる》って……。金ぐりがつかなかった、どうしても。それで……その五千万の使いみちを、何とかでっち上げなくちゃならなかったんだ……。恵……。すまん」

　恵は、自分の手首の、縛《しば》られた傷跡《きずあと》をそっと隠《かく》しながら、

「正直なお父さんを、初めて見たわ」

と言った。

＊

「——松永さん」

呼《よ》びかける声で、すぐ分かった。しかし、信じたくなかった。

あの子が俺《おれ》に声をかけてくれるなんて。

「やあ」

段《だん》ボールをおろす手を休めて、松永は恵を見た。「大学に出て来たんだね」

「ええ」

恵は本をかかえて、「大学休んでても、何の解決《かいけつ》にもならないし……。父のしたことで、私《わたし》が恥《は》じること、ないんだ、と思って」

松永は肯《うなず》いた。恵はちょっと笑って、

「そして、久《ひさ》しぶりに出て来てみたら、何が分ったと思う？」

「さあ」

「誰《だれ》も私《わたし》のこと、冷たい目でなんか見ないの。私《わたし》、自分で思ってたほど、注目の的じゃなかったのよ」

そう言って、恵は笑った。――明るい笑いだった。

「恵！」

と、久代が駆《か》けて来る。「ずるいぞ！　抜《ぬ》けがけして」

「あら、何のこと？」

「松永さんに目をつけたのは、こっちが先ですからね」

「久代ったら――。松永さんは、私《わたし》のことが好きなのよ」

「そんなの分んないじゃない。付合ってみたら、私《わたし》の方が気に入るかもよ」

松永は、面食らって、二人の娘《むすめ》のやり合うのを見ていた。

――あの奇妙《きみょう》な映画館《えいがかん》。

あそこで、もう一人、〈コレクター〉を見ていた男を、松永は憶《おぼ》えていた。それが室田だったのである。

おそらく室田も、金の手当てがつかず、途方《とほう》にくれて歩いていて、フラリとあそこへ入ったのだろう。そして、映画《えいが》の中の誘拐《ゆうかい》を見て、あの狂言《きょうげん》を思い付く。

しかし、自分の娘《むすめ》を、あんな風に閉《と》じ込《こ》めておくなんて残酷《ざんこく》なことが、よくできたものだ。松永は、室田を一発ぶん殴《なぐ》ってやりたかった。

「――これ、運んじまうから」

と、松永は段《だん》ボールをかかえ上げると、学生食堂の中へと運《はこ》び込《こ》んだ。

「ここで待ってるからね！」

と、二人の娘《むすめ》が呼《よ》びかけて来る。

――松永は、自分が〈コレクター〉よりは、〈蝶《ちょう》〉の方になったような気分だった……。

真夜中の電話

1

留守番《るすばん》というのは、仕事としては変っている。

何もすることがなくて、退屈《たいくつ》だ、というのが、最もうまく行っている状態《じょうたい》なのだから。

ただ、一度《ひとたび》何か起これば大変なことになるのも事実で……。

その晩《ばん》、由起子《ゆきこ》は、TVをつけっ放しにして、ソファでウトウトしていた。

呑気《のんき》でいいわあ……。

アルバイトは留守番《るすばん》が一番だわ。仕事なんて、あるようでないようなもんだし、いくらのんびり風呂《ふろ》につかっていても、誰《だれ》も文句《もんく》は言わないし、TVをつけっ放しにしていたって、

「もったいないから消しなさい！」

なんて怒鳴《どな》るお袋《ふくろ》さんもいない。

ただ、電話がかかれば、取って、

「今、みなさん出かけてます」

と、返事をする。

本当なら、

「お伝えすることがありましたら、承《うけたまわ》っておきますが」

と言わなきゃならないのだが、できるだけ手間は省きたいので、向こうが、

「じゃ、戻《もど》ったら伝えて下さい」

と言わない限《かぎ》り、黙《だま》っている。

今のところ、それほどの大切な用件《ようけん》でかかって来た電話は一本もない。

「あーあ」

と、由起子は大欠伸《おおあくび》をした。

これで、あと一日、のんびりして、アルバイトも終りだ。楽勝だなあ、正《まさ》に。

井上《いのうえ》由起子は、私立《しりつ》大学の二年生。春休みのスキー旅行に少々お金を使い過《す》ぎて、

懐《ふところ》が空っぽになってしまった。

そこで、あと一週間の休みを利用して、何か手軽なバイトはないか、と捜《さが》していると、大学の友人の家で、留守番《るすばん》を頼《たの》みたいというのを耳にし、早速《さっそく》飛びついた、というわけである。

三日間、留守宅《るすたく》に寝起《ねお》きして、二万円。

――悪くない。

その三日間も、すでに残りは一日。明日の夜には、この家の主が帰って来る。

「いい家ねえ……」

と、由起子は、広々とした居間《いま》を見回して、改めて呟《つぶや》いた。

この家――小沼《こぬま》家といった――は、父親はどこやらの会社の部長さんとかで、家の方も、さすがに堂々とした造《つく》り。

地方公務員《こうむいん》の、由起子の家とは「ダンチ」である。ただ、由起子の家は九州で、由起子は東京の大学に通うので、下宿生活を送っていたのである。

だから、この邸宅《ていたく》（と呼《よ》んでも少しもおかしくない）の広さが、ますます身にしみるのだった。

「寝《ね》るかなあ……」

もう十二時を回って、TVの方も、大した番組はやっていない。

といって、早く寝《ね》るのも何だか惜《お》しい。

「誰《だれ》か、友だちでも呼《よ》びゃ良かったなあ」

まさか、留守宅《るすたく》でパーティってわけにもいかないし……。

仕方ない、寝《ね》るか、と立ち上がったとき、電話が鳴った。

「こんな時間に――」

誰《だれ》かしら、と居間《いま》の隅《すみ》にある電話へと駆《か》け寄《よ》る。「はい、井上――あ、小沼です」

つい、自分の名前を言ってしまった。

「やあ、ご苦労様」

若々《わかわか》しい男の声。

「あ、小沼君？」

「うん、もう寝《ね》てた？」

「だったら、こんなに早く出ないわ」

「それもそうだね」

「何か用事で？」

「いや、そっちは大丈夫《だいじょうぶ》かと思ってね。変りない？」

「全く異常《いじょう》なしよ」

「それならいいんだ。明日の晩《ばん》には帰るから、よろしく」

「料金をいただくんだから、気をつかわなくていいのよ」

「そうもいかないさ。——じゃ、明日」

「はいはい、任《まか》せといて！」

ちょっと間があって、

「由起子さん」

「え？——何よ、びっくりするじゃない、そんな呼《よ》び方《かた》して」

「おやすみ」

「おやすみなさい」

電話を切ると、由起子は頬《ほお》がほてっているのを感じた。

おやすみなさい……。

こんな風に、小沼君に言ったの、初めてだ。

由起子が、この家の留守番《るすばん》を引き受けた理由の一つは、小沼達也《たつや》にもあった。達也は、由起子が一年生のときから、秘《ひそ》かに憧《あこが》れている相手なのである。

同学年で、ハンサムな達也は、大勢《おおぜい》のガールフレンドに取り囲まれていた。

由起子は、気立てこそいいし、さっぱりした気性《きしょう》で、女の子には人気があったが、残念ながら、少々男っぽいところがあるせいか、男子学生間での人気は今一つであった。

「要するに、お前には色気がないんだよ」

と、付き合っていた男の子に言われてショックを受けたのは、高校三年のとき。

ショックのあまり、その男の子を引っぱたいたので、ますます恋《こい》とは縁遠《えんどお》くなってしまった……。

「小沼君かあ」

無理だよね、私《わたし》なんかが、どう頑張《がんば》ってみたって……。

さて、つまらないことを考えていないで、今度こそ寝《ね》るか、と居間《いま》を出ようとすると、また電話が鳴り出した。

小沼君、また。——よし、今度は、ちょいと気取った声を出してやろう。

受話器を上げると、軽く咳払《せきばら》いをして、

「小沼でございますが」

と、ちょっと甲高《かんだか》い、取《と》り澄《す》ました声を出す。

「ああ奥《おく》さんですか」

達也とは似《に》ても似《に》つかぬ、太いだみ声だった。

「社長の重山《しげやま》です」

社長？――車掌《しゃしょう》じゃないわね、まさか。社長というと――たぶん会社の社長だろう。幼稚園《ようちえん》には社長はいないし、近くの酒屋さんだって、「社長です」とは名乗るまい。

「は――あの――」

「こんな時間に申《もう》し訳《わけ》ないが、緊急《きんきゅう》かつ重大な用件《ようけん》で、ご主人と話したいのです。おいでですな？」

「あの、すみませんが、今、旅行中なんです」

由起子はあわてて言った。

「旅行中？　それは困《こま》ったな！」

「すみません」

「いつお帰りです？」

「明日の晩《ばん》には――」

「それでは遅《おそ》い。やむを得ん。奥《おく》さん、よく聞いて下さい」

「あの、私《わたし》――」

「聞いて下さい！」

「はあ……」

「いいですか、そちらへ警察《けいさつ》が行くかもしれません」

「警察《けいさつ》？」

由起子は、目をパチクリさせた。何の話だろう？

「会社の金、一億五千万円を横領《おうりょう》した疑《うたが》いです」

「一億――」

千五百円じゃないのだ。由起子は、もう言葉が出て来なかった。

「もちろん、それはご主人がやったのではありません。ご主人は正直で誠実《せいじつ》な方だ。決して、間違《まちが》ったことのできる人ではないのです。もちろん、奥《おく》さんもお分りでしょうが」

由起子は頭が混乱《こんらん》して、返事もできなかった。重山社長は、勝手に続けた。

「しかし、この一件《けん》には、会社の存亡《そんぼう》がかかっているのです。ここのところを、よく分っていただきたいのですが、誰《だれ》かが、その罪《つみ》をかぶらないと、会社そのものが危《あや》うくなるのです」

「はあ……」

「私《わたし》も、悩《なや》みました。社員は我《わ》が子《こ》も同然です！　しかも、あまり入りたての平社員では、とても、そんな大金を動かせるわけもない。そうなると、苦労を共にして来た古い社員の誰《だれ》かしかない、ということになります。私《わたし》としては、胸《むね》が張《は》り裂《さ》けるほど辛《つら》いのです！」

何だか、浪曲調《ろうきょくちょう》になって来た。

「あの――」

「熟慮《じゅくりょ》の結果、ここは小沼君以外に、この大役を任《まか》せられる人間はいない、という結《けつ》論《ろん》に達したのです。会社への愛のために、一時の屈辱《くつじょく》に堪《た》えてくれる、英雄的精神《えいゆうてきせいしん》の――精神《せいしん》の――」

言葉に詰《つ》まったのは、感極《かんきわ》まって、というより、暗記していた文句《もんく》を忘《わす》れてしまった、という感じだった。

「ともかく、そういうことなのです」

と、かなりいい加減《かげん》に話を結んで、「これに対しては、必ず将来《しょうらい》、充分《じゅうぶん》な見返りを考えるとお約束します。いろいろと辛《つら》いこともあると思いますが、総《すべ》ては会社のためです。じっと忍《しの》んでいただきたい！」

「でも、あの──」

私《わたし》なんかに、そんな話をされても困《こま》っちゃうんですよね、と言ってやろうとしたのだが──。

「では、もし警察《けいさつ》が行ったら、何も知らない、と答えて下さい。ご主人に急いで連絡《れんらく》を取って、事情《じじょう》を説明してあげて下さい。よろしいですな？」

「でも、私《わたし》は──」

「ご主人には、黙秘権《もくひけん》を使って、何も言うな、とおっしゃって下さい。こちらで弁護《べんご》士《し》をさし向けます。総《すべ》て、その指示《しじ》に従《したが》っていれば、間違《まちが》いありません」

「ですけど――」

「では、よろしく」

「あ――もしもし！　あの――」

電話は切れてしまっていた。

「もう！　この――分らず屋！」

由起子は、頭に来て、受話器を叩《たた》きつけるように置いた。「あ、うちの電話じゃなかったっけ」

と、頭をかいたが――しかし、落ちついて考えてみると、これはえらいことだ。

一億五千万円の横領《おうりょう》？

由起子には、想像《そうぞう》もつかない金額《きんがく》である。

「でも、あの話は……」

じっくり考える。――つまり、横領《おうりょう》の罪《つみ》を、小沼にかぶってほしい、ということだ。

ということは――何のことはない、あの重山という社長当人が、きっと何かで会社の金を使《つか》い込《こ》んだのだろう。

その罪《つみ》を部下になすりつけて、代りに刑務所《けいむしょ》へ入ってくれ、というわけか。いくら「見返りを考える」ったって、無茶《むちゃ》な話だ！

「馬鹿《ばか》にしてるわ！」

由起子は憤慨《ふんがい》した。「早速《さっそく》、知らせなくちゃ」

ええと、小沼たちの泊《とま》っているホテルの番号は、と……。これだ、これだ。

夜中だが、そんなこと言っちゃいられない。由起子は受話器を取った。その時、玄《げん》関《かん》のチャイムが、けたたましく鳴った。

「誰《だれ》かしら、こんな――」

仕方なく、電話を後回しに、玄関《げんかん》の方へ歩いて行く。そしてハッとした。

警察《けいさつ》かもしれない！

もしそうだったら、どうしよう？

もちろん、由起子としては、小沼を無実の罪《つみ》で逮捕《たいほ》させるなんて、とんでもない話だと思うが、しかし、勝手にそう判断《はんだん》して、何もかもぶちまけてしまうのも、どんなものだろう。

何といっても、由起子は部外者なのである。

——まず、やはり小沼へ事情《じじょう》を話すのが先だ。

そう考えている間にも、玄関《げんかん》のチャイムは、苛立《いらだ》たしげに鳴り続けた。出ないわけにもいかない。由起子はインタホンで、

「はい」

と答えた。「どなたですか?」

「奥《おく》さんに会いたいんですけど」

女の声だ。どうやら警察《けいさつ》ではないらしい。

「あの——お留守《るす》ですよ」

「いるじゃありませんか。ともかく、入れて下さい」

「でも、私《わたし》は留守番《るすばん》で——」

「ともかく入れて下さい!」

女の声はヒステリックに、オクターブ上がった。

「入れないと、ここで騒《さわ》ぎますよ!」

由起子はあわてた。何しろこの一帯は、至《いた》って静かな住宅地《じゅうたくち》である。こんな所で、真夜中に大声でわめかれでもしたら、近所がどう思うか……。

「ちょっと待って下さい」

と言っておいて、急いで玄関《げんかん》へとおりる。

ドアを開けると、まるで突風《とっぷう》が吹《ふ》き込《こ》んで来るように、女が一人、凄《すご》い勢《いきお》いで飛《と》び込《こ》んで来た。

「あの、どなたですか?」

と、由起子は言った。

女は、わりあい若《わか》い——たぶん二十七、八歳《さい》だろう。じろりと由起子を見て、

「あんたが奥《おく》さん?」

「私《わたし》、留守番《るすばん》ですよ」

「そういえば、ちょっと若《わか》いわね」

由起子はカチンと来た。由起子はまだ十九歳《さい》だ。ここの「奥《おく》さん」といえば、達也の母親である！

冗談《じょうだん》じゃないわ、全く！

「あの人はどこ？」

と、女は勝手に上《あ》がり込《こ》んだ。

「あの人って——小沼さんですか？」

由起子も、あわてて女を追って、居間《いま》へ入る。

「当たり前よ。ここはあの人の家でしょ」

「ですから、旅行中なんです、ご家族で」

「旅行？——逃《に》げたのね！」

由起子は、ため息をついた。

「あなた、一体どなた？　ご用なら、伺《うかが》っておくけど」

「その手には乗らないわよ」

その女はソファに体を投げ出すようにして、座《すわ》り込《こ》んだ。「帰って来るまで、待たせてもらうわ」

「明日にならないと、帰りませんよ」

「結構《けっこう》よ。明日だって、一週間だって、待ってやるわ」

「冗談《じょうだん》じゃありませんよ。人の家へ、勝手に上《あ》がり込《こ》んで――」

「人の家？　ここは私《わたし》の家よ、言っておきますけどね」

由起子は呆気《あっけ》に取られて、女を見つめた。ちょっとイカレてるのかしら？

「私《わたし》は真弓《まゆみ》よ。あなた、ここのお手伝いさん？」

「留守番《るすばん》だって言ってるでしょ！」

由起子は顔を真っ赤にして言った。

「あ、そう。私《わたし》はね、小沼さんの恋人《こいびと》なの」

「ええ?」

「小沼さんは奥《おく》さんと別れて、私《わたし》と再婚《さいこん》することになってんのよ。だから、近々、ここは私《わたし》の家になるわけ」

真弓という女は、居間《いま》の中を見回して、「なかなか居心地《いごこち》良さそうね。——気に入ったわ」

と言った。

勝手に気に入られたって困《こま》るわよ、と由起子は思った。しかし、どうしたものだろう?

決心をつけかねている内に、また玄関《げんかん》のチャイムが鳴り出した。

2

真弓という女が入って来た後、玄関《げんかん》の鍵《かぎ》をかけていなかったので、由起子が出てみると、もう二人の男が入って来て、上《あ》がり込《こ》むところだった。

「誰《だれ》なの、勝手に上《あ》がり込《こ》んで！」

と、由起子は怒鳴《どな》ったが、一向に応《こた》える様子もなく、

「警察《けいさつ》の者だ」

と、ぶっきらぼうに言って、「あんたは？」

「留守番《るすばん》です」

由起子は、うんざりして言った。「皆《みな》さんご旅行ですよ」

二人は顔を見合わせた。

「高飛びの可能性《かのうせい》もある。すぐ手配しろ！」

「よし」

と、一人が、すっ飛んで出て行く。

「あんたを信用しないわけじゃないが、一応《いちおう》中を捜《さが》させてもらうよ」

と、中年の、いかにも不愛想な刑事《けいじ》が言った。

「でも勝手に——」

と抗議《こうぎ》しかけたものの、相手が悪い。

「何だ?」

とにらまれて、

「いえ、どうぞ……」

と、首をすぼめた。

居間《いま》へ戻《もど》れば、あの真弓という女が、堂々と(?)新聞など広げている。

「ねえ、ちょっと」

と、由起子へ声をかけて、「お茶ぐらい、出ないの?」

頭に来た由起子は、自分でやりゃいいでしょ、と言いたくなったが、この女に台所をいじくり回されるのも面白《おもしろ》くない。

「番茶しかないわよ」

と言って、台所へ入って行った。

ああ、やれやれ。——どうなってるの、一体? ポットの中には、あまりお湯が入っていないので、少し沸《わ》かそうと、ヤカンをガステーブルにかけた。

この家は、台所から勝手口で、裏《うら》に出るという、昔なつかしい造《つく》りになっている。

「そうだわ」

と、由起子は指を鳴らした。

裏《うら》から出て、表の公衆《こうしゅう》電話で、小沼に知らせよう。

でも――あの真弓って女のことはどうしよう？

もちろん、あの女が本当のことを言っているとは限《かぎ》らないが、しかし、縁《えん》もゆかりもない女が、あんな風に乗《の》り込《こ》んで来るかしら？

もちろん、達也のことを考えれば、あの女のことがばれたら、中は大荒《おおあ》れだろうから、小沼に知らせて、何とかしてもらう方がいいだろう。

「そこまで責任《せきにん》持てないけどね」

と、由起子は呟《つぶや》いた。

「どこかに小銭《こぜに》が……」

あった、あった。——十円玉が十枚《まい》くらいはある。いや、百円玉でもかかるんだ。ちょっと居間《いま》の方を見て、それから由起子はそっとサンダルをつっかけ、裏口《うらぐち》のドアを開けた……。

「やあ」

目の前に、さっきのもう一人の刑事《けいじ》が立っていた。

「お出かけかね」

「あの——ちょっと、ゴミを——」

「何も持ってないようだね」

「あら、本当だわ」

と、由起子は言った。「ゴミを忘《わす》れちゃったみたい」

「面白《おもしろ》い冗談《じょうだん》だね」

と、刑事《けいじ》はニコリともせずに言った。

——由起子は仕方なく、お茶を淹《い》れて、居間《いま》へ戻《もど》った。

あの刑事《けいじ》が、ソファに座《すわ》っていたが、真弓の姿《すがた》はなかった。

「やあ、わざわざお茶を持って来てくれたのか」

由起子は肩《かた》をすくめて、そのお茶を刑事《けいじ》に出してやった。あの女、どこへ行ったのかしら？

「——大した家だなあ」

と、刑事《けいじ》が居間《いま》の中を見回す。「俺《おれ》の家なんて、全部合わせても、この部屋ほどもないぜ」

「そうですか」

由起子としては、公務員《こうむいん》の住宅事情《じゅうたくじじょう》には興味《きょうみ》がなかった。

真弓って女、どこへ行ったのかしら？

十五分ほどたっても、女が戻《もど》って来ないので、由起子はさすがに気になって来た。

「——あの、いつまでここにいるつもりなんですか？」

と、刑事《けいじ》へ訊《き》く。

「戻《もど》るまでさ」

「明日の晩《ばん》ですよ」

「だったら、それまでいるさ」

「私《わたし》も監視《かんし》つきなんですか」

「連絡《れんらく》する恐《おそ》れがあるからね。しかし、電話は一本らしいから、この家の中なら自由にしてていい」

「どうも」

確《たし》かに刑事《けいじ》の言うとおり、この家は二台電話機があるが、線は一本。二階でもう一台の方を使うと、この居間《いま》の電話の赤いランプが点《つ》くので、すぐに分ってしまうことになるのだ。

しかし、差し当たり由起子の関心は、真弓のことにあった。

玄関《げんかん》へ出てみると、真弓の靴《くつ》がない。

どんな靴《くつ》だったか、はっきりは憶《おぼ》えていなかったが、ともかく玄関《げんかん》には、由起子の靴《くつ》とサンダル、それに男物の靴《くつ》が二足しかないのだ。

——二足？

由起子は眉《まゆ》を寄《よ》せた。今、上がっているのは、あの刑事《けいじ》一人のはずだが。

わけが分らず、由起子は首を振《ふ》った。

ともかく、真弓という女は出て行ったらしい。それはまあ結構《けっこう》な話である。

少なくとも、心配事が一つ減《へ》ったわけだ。

でも、どうして出て行ったりしたんだろう？

刑事《けいじ》が来ていると知って、今は具合が悪いと思ったのか。しかし、そんな殊勝《しゅしょう》な女とも思えなかったが……。

それとも、話を耳にして、横領《おうりょう》で逮捕《たいほ》される男と一緒《いっしょ》になっても仕方ない、と見《み》限《かぎ》ったのか。——うん、きっとそうだ。

やれやれ。——男と女の仲なんて、虚《むな》しいもんね、と由起子はため息をついた。

あ、そういえば、あの刑事《けいじ》、中を調べるとか言ってたけど、荒《あ》らしていないだろうね。

由起子は二階へ上がって行った。
一応《いちおう》、毎日、掃除《そうじ》はしているから、きちんと片付《かたづ》いているはずだ。
もっとも、留守《るす》なんだから、そう汚《よご》れもしない。掃除《そうじ》といっても、楽なものだった。
小沼夫婦《ふうふ》の寝室《しんしつ》。――異常《いじょう》なし。
隣《とな》りには小沼の書斎《しょさい》というか、仕事部屋みたいな部屋がある。――何ともなってない。
その隣《とな》りが、達也の部屋。
うん、ちゃんとベッドに女が寝《ね》ている。
これでよし、と。――ええ？　女が？
由起子は、あわててもう一度、達也の部屋のドアを開けた。
廊下《ろうか》の明かりで、女がベッドに寝《ね》ているのが分る。真弓だ。
何て図々《ずうずう》しい！　しかも、達也のベッドで！
「ちょっと、起きなさいよ！」
と、明かりを点《つ》けた。

が、真弓が、いくら図々《ずうずう》しい女でも、好《す》きで寝《ね》てるわけじゃないということは、よく分った。

真弓は目をむいて、口を開き、首には紐《ひも》を巻《ま》きつけて寝《ね》ていた。その紐《ひも》は、ぐっと深く首に食《く》い込《こ》み、ネックレスとしては、少々きつ過《す》ぎるとしか思えなかった。

「あ――あの――」

由起子は、恐《おそ》る恐《おそ》る近づいた。「ねえ。――ちょっと」

しかし、起きて来るはずもなかった。

真弓は、すでに死んでいた。――いくら医学の心得のない由起子でも、その土気色の顔を見ると、そうとしか思えなかった。

あまりショックを受けたという気はしなかったのだが、それでも、由起子はヘナヘナと座《すわ》り込《こ》んでしまった。

どれくらい、そこに座《すわ》り込《こ》んでいたのだろう？

ふと、我《われ》に返る。――しかし我《われ》に返っても、ベッドの上の真弓の死体は消えて失《な》くなりはしなかった。

何だか手に握《にぎ》っている。――これ、何だろ?

靴《くつ》だ。真弓の靴《くつ》が、床《ゆか》に落ちていたのだ。

由起子は、あわてて放り出した。無意識《むいしき》につかんでいたらしい。

「参ったなあ……」

と呟《つぶや》いてみても、やはりまだボンヤリとしている。

一つ、確《たし》かなことは、真弓が殺された、ということだった。

自分で首を絞《し》めて殺すことだって、出来ないことはないかもしれないが、しかし、真弓という女、自殺する様子なんて、まるでなかった。

しかし、誰《だれ》が殺したのか?――この家の中には、自分しかいない。

「ともかく――警察《けいさつ》だわ」

と、よろけながら立ち上がった。

一一〇番、一一〇番、と……。

階段《かいだん》を降《お》りて、ふと、刑事《けいじ》が居間《いま》にいたことを思い出した。

そうか。一一〇番することもない。ちゃんと刑事《けいじ》がいるんだもの。

でも――あの刑事《けいじ》、中を調べるとかいって、あんなに目につく死体に気付かなかったのかしら？――近視《きんし》かな？

いや、そうじゃない。刑事《けいじ》が見回ったときは、まだ真弓は居間《いま》にいたのだ。そして、その後、二階へ上がって、殺された。誰《だれ》に？

由起子は、あの、もう一足の靴《くつ》を思い出した！

もう一人、誰《だれ》か男がいるのだ！

居間《いま》へ入って行くと、あの刑事《けいじ》がいぎたなく、口をポカンと開け、いびきをかいている。

呑気《のんき》なんだから、もう！

由起子は、腹《はら》が立って来た。公務員《こうむいん》のくせに何だ！　同じ家で人が殺されてるってのに、のんびり居眠《いねむ》りなんかして！

由起子は、近寄《ちかよ》って行って、けとばしてやろう——と思ったが、やはりやめた。代りに、ごく控《ひか》え目《め》に、刑事《けいじ》の肩《かた》を叩《たた》いた。そのとたん、電話が鳴り出して、ギョッと飛び上がりそうになる。

幸い、ここの電話はモダンな新型で、あまりけたたましくは鳴らない。あわてて駆《か》けつけ、受話器を上げて、刑事《けいじ》の方を振《ふ》り返《かえ》ると、目を覚ました様子はなかった。

「は、はい」

と、少し低い声で言う。

「あ、由起子さん」

「小沼君！」

「びっくりさせてごめん」

「いいえ」

いい加減《かげん》、びっくりには慣《な》れっこになった。たかが電話ぐらいで——。

「うちの親父《おやじ》、そっちに行ってないかい？」

と、達也が言った。

「お父さんが？」

「そう。どこかへ行っちまったんだ。お袋《ふくろ》や僕《ぼく》に、何も言わずに」

「まあ」

「どこも思い当たる所もないもんだからね。もしかしたら、家へ帰ったのかと思って、かけてみたんだ」

「でも――そんなにすぐ着かないでしょ！」

「夕飯どきからいないんだよ。てっきり、ホテルの部屋で寝《ね》ていると思ってたら、いないんだ。だから、もし早くホテルを出たのなら、もう家に着いていていい頃《ころ》なんだ」

「そう。でも――みえてないわ」

「そうか。じゃ、他を当たってみる」

「あの、小沼君――」

「悪いけど、もし、親父《おやじ》が家へ帰ったら、ホテルへ電話するように言ってやってくれないか」

「ええ。でも、あのね――」

「じゃ、頼《たの》むよ」

「小沼君。ちょっと――」

達也の方は、さっさと電話を切ってしまった。

何も説明する暇《ひま》がなかった。――参ったなあ、もう！

刑事《けいじ》の方は、相変らず眠《ねむ》っている様子。

由起子はソファに座《すわ》って、頭をかかえた。

どうしたらいいんだろう？

二階には死体、玄関《げんかん》には男物の靴《くつ》……。

そうか！　由起子は、ハッとした。

小沼が――達也の父が、やって来たのだ。そして、真弓を殺した……。

由起子はゾッとした。

靴《くつ》が玄関《げんかん》にあるということは、まだこの家の中にいるということだろう。

勝手口の方は、もう一人の刑事《けいじ》が見張《みは》っている。そうなると、やはり、どこかに隠《かく》れているとしか思えない。

どこに？

由起子は、思わず周囲をキョロキョロと見回していた。

3

「アーア」

刑事《けいじ》が、欠伸《あくび》をしながら、目を覚まして伸《の》びをした。

「刑事《けいじ》さん」

「やあ、眠《ねむ》っちまったのか」

と、刑事《けいじ》は笑って、「それじゃ、あんたに逃《に》げられても分らないね」

「あの——」

「さて、顔でも洗《あら》って来るか」

と立ち上がって、居間《いま》を出て行く。

由起子は、話のタイミングを失ってしまった。どうしよう？　いや、もちろん、人を殺した以上、隠《かく》すことはできない。

たとえ隠《かく》したとしても、どうせ発覚する。

しかし、達也のことを思うと、由起子の胸《むね》は痛《いた》んだ。

父親が愛人を殺した、なんて！　正《まさ》に悲劇《ひげき》だ。

そう。——もし、小沼に自首させることができたら、多少は違《ちが》って来るかもしれない。

何しろ、自宅《じたく》のベッドで殺しているのだ。計画的だったとは思えない。

ついカッとなってやった、と自首させれば、大分、警察《けいさつ》や世間の見る目も違《ちが》って来るかもしれない。

でも、そんなにうまく行くだろうか？

まず、この家の中を捜《さが》して、小沼を見付ける。そして説得するのだ。

もちろん、すぐに、

「君の言うとおりだ」

と、泣いて罪《つみ》を悔《く》い、自首してくれりゃ、問題はない。

しかし、もしかしたら、こっちまで殺されるなんてことになるかもしれない。

一人殺すも、二人殺すも同じだ。なんて殺人犯《さつじんはん》は考えるかもしれない。どっちの反《はん》応《のう》を示《しめ》すか、それはやってみなきゃ分らないのである。

由起子は迷《まよ》った。

命を危険《きけん》にさらしてまで、小沼を助けてやるか、それとも、刑事《けいじ》に死体のことを打ち明けて、放っておくか……。

迷《まよ》いはしたが、やはり由起子の、達也への思いが勝った。よし、何とかして、小沼を捜《さが》すのだ。

いくら大きな家といったって、お城《しろ》というわけじゃない。全部の部屋や、押入《おしい》れを覗《のぞ》いて回るのに、そう時間はかかるまい。

由起子は意を決すると、立ち上がった。そこへ、刑事《けいじ》が戻《もど》って来た。

「腹《はら》が減《へ》ったな。何か食べるものはないかね?」

こっちはそれどころじゃないのよ!

由起子は、カッとして刑事《けいじ》をにらみつけてやった。

刑事《けいじ》の方は、わけが分らずににらまれて、キョトンとしている。

「冷蔵庫《れいぞうこ》に冷凍《れいとう》食品があります」

と、由起子は言ってやった。「そのまま食べるとおいしいですよ」

刑事《けいじ》は笑い出していた。

「いや、なかなか君は面白《おもしろ》い子だ」

「面白《おもしろ》くて悪かったですね」

由起子は、食いつきそうな顔で言った。「ずっとここで待っているんですか?　私《わたし》、寝《ね》ないといけないんですけど」

「ああ、いいとも。寝《ね》ててくれ。こっちは起きてるのが商売だ」

と言われても、由起子としては、

「じゃ、おやすみなさい」

というわけにはいかないのだ。

「あの――私《わたし》、お風呂《ふろ》に入るんです」

と言った。

「こんな時間に？」

「夜遅《よるおそ》くお風呂《ふろ》に入ると、逮捕《たいほ》されるんですか」

「いや、構《かま》わんよ」

「じゃ、出てて下さい」

「ここで入るのか？」

と、刑事《けいじ》が目を丸くする。

「お風呂《ふろ》に入るときには、廊下《ろうか》を通るんです。知らない男の人に、ここに座《すわ》っていられちゃ恥《は》ずかしくて入れません」

「なるほど」

刑事《けいじ》は肯《うなず》いて、「じゃ、散歩して来るか。少し夜風に当たると、目も覚めるかもしれん」

と、立ち上がった。

「どうぞ。私《わたし》、長風呂《ながぶろ》ですから、一時間はかかります」

「OK。一時間たったら、戻《もど》って来る」

刑事《けいじ》は、玄関《げんかん》の方へと歩いて行った。

由起子は、刑事《けいじ》が出て行くと、玄関《げんかん》の鍵《かぎ》をかけた。――これでいい。

「念のためだわ」

チェーンもかけておく。

そうだ！　勝手口から入って来るかも。

台所へ行って、こちらも鍵《かぎ》をかける。――これで、入って来られまい。

由起子は、台所を出ようとして、ふと思い付き、包丁かけから、小さく尖《とが》った、肉切り包丁を取って、ふきんでくるんだ。

それを手に、さて、どこから捜《さが》すか。

由起子は、まず一階を捜《さが》すことにした。

居間《いま》、食堂、浴室、トイレ……。

全部の部屋と、人の隠《かく》れていられそうな場所は捜《さが》してみたが、小沼の姿《すがた》はない。

してみると、二階だ。

階段《かいだん》を上がって行く由起子の心臓《しんぞう》は、早鐘《はやがね》のように鳴った。

たとえ知っている顔とはいえ、殺人犯《さつじんはん》と会うのは初めてだ。

そんなことが年中あっちゃたまったもんではないが……。

まず小沼夫婦《ふうふ》の寝室《しんしつ》。――ベッドの下、洋服ダンスの中、と覗《のぞ》いてみたが、誰《だれ》もいない。

次は仕事部屋か。

机《つくえ》、椅子《いす》、本棚《ほんだな》、といった簡単《かんたん》な部屋だから、捜《さが》すほどの所もない。

では、達也の部屋か？

真弓の死体があるのに……。しかし、だからこそ、隠《かく》れていても不思議はない。

由起子は、恐《おそ》る恐《おそ》る、ドアを開けた。

明かりを点《つ》けると、真弓の死体は、そのままだった。当然のことだが、何となくホッとする。

死体を見てホッとするというのも妙《みょう》なものだが、実際《じっさい》にホッとしたのだから、仕方がない。

「——小沼さん」

と、由起子は言ったが、声は少々震《ふる》えている。「いるのは分ってるんですよ。出て来て下さい」

はいはい、と素直《すなお》に出て来るとは思わなかったが、確《たし》かに出て来なかった。

仕方ない。山に「動け」と命じて、動かないので、「じゃ、こっちから行こう」と山の方へ歩いて行ったというマホメットにならって、由起子も、こわごわ部屋の中へと歩いて行った。

まず、ベッドの下。――いない。

ファンシーケース。ファスナーをシュッと開けると、中から手がニュッとのびて来て――とはいかなかった。

中は洋服だけだ。すると……。

残るは、大きな洋服ダンスだけである。

小沼が、達也の机《つくえ》の引出しに隠《かく》れるという超能力《ちょうのうりょく》の持ち主でもない限《かぎ》り、この洋服ダンスに隠《かく》れているとしか思えない。

「よし……」

中では、由起子に襲《おそ》いかかろうと、小沼が身構《みがま》えているかもしれない。

そっとタンスの扉《とびら》に手をかけて、呼吸《こきゅう》を整える。――一、二の三!

パッと扉《とびら》を開けると同時に、由起子は後ろに飛びすさって、包丁を構《かま》えた。

一瞬《いっしゅん》、時代劇《じだいげき》の主人公にでもなった気分である。舞台《ぶたい》なら、「××屋！」とかけ声がかかるところだ。

だが――一向に、血に飢《う》えた殺人鬼《さつじんき》は登場しなかった。罪《つみ》の意識《いしき》にさいなまれている父親も。

要するに、洋服ダンスの中には、あって当然なもの――洋服しかなかったのである。

「そんなこと……」

由起子は、ポカンとして、呟《つぶや》いた。

一体、どこへ行ってしまったんだろう？

確《たし》かに、玄関《げんかん》には靴《くつ》があった。それなのに……。

由起子は、大きく息を吐《は》き出《だ》すと、肩《かた》をすくめて、一階へと、降《お》りて行った。居間《いま》に戻《もど》って、ソファに腰《こし》をおろす。

どうなっているんだろう？

小沼は裸足《はだし》のままで逃《に》げたのか。それとも、サンダルでも引っかけて？

ピンと来ない。しかし、いくら考えても、分らないものは分らない。

こうなったら仕方ない。――諦《あきら》めて、刑事《けいじ》に、死体のことを話すのだ。

小沼は指名手配されるだろう。達也には辛《つら》いことになるが、もう由起子の力では、どうすることもできない。

――達也にはショックだろう。

由起子が沈《しず》み込《こ》んでいると、突然《とつぜん》、玄関《げんかん》のドアを、ドンドンと叩《たた》く音がして、仰天《ぎょうてん》した。

今にも叩《たた》き壊《こわ》しそうな勢《いきお》いだ。

由起子が玄関《げんかん》へ飛んで行くと、

「開けろ、警察《けいさつ》だ！」

と怒鳴《どな》る声。

何かしら。あの刑事《けいじ》じゃないようだけど。

「はい、今、開けます」

と、返事をして、サンダルを引っかけ、チェーンと鍵《かぎ》を外す。

ドアを開けると、制服《せいふく》の警官《けいかん》が二人、立っていた。えらく興奮《こうふん》して、息づかいも荒《あら》い。

「あの何か——」

「通報《つうほう》があったんだ！　女がここで殺されている、と」

「通報《つうほう》が？」

由起子はびっくりした。

一体誰《だれ》が知らせたのだろう？

「おい！」

警官《けいかん》がいきなり後ろに退がると、拳銃《けんじゅう》を抜《ぬ》いたから、由起子はびっくりした。

「武器《ぶき》を捨《す》てろ！」

警官《けいかん》は、拳銃《けんじゅう》を由起子に突《つ》きつけながら、怒鳴《どな》った。

由起子は、後ろを振《ふ》り向《む》いた。しかし、誰《だれ》もいない。どうやら、私《わたし》のことらしいわ、と思った。

「あの——何のことですか?」

「その包丁を捨《す》てろ!」

「えっ?」

あ、そうか。肉切り包丁を握《にぎ》ったままだったのだ。由起子は笑い出した。

「何でもないんですよ。つい——」

「足下《あしもと》へ捨《す》てろ!」

「あのね、これは——」

「手を上げるんだ!」

これじゃだめだ。

仕方なく、由起子は、言われるままに、包丁を投《な》げ捨《す》て、両手を上げた。

「もっと高く!」

「はいはい」

何だか、西部劇《せいぶげき》かギャング映画《えいが》だわ、これじゃ。

「他に武器《ぶき》はないな」

と、もう一人の警官《けいかん》が、由起子の体に触《さわ》って調べる。

何だか、胸《むね》とかお尻《しり》とか、あんまり関係ないところまで触《さわ》ってるみたい。

「よし、中を調べる」

由起子は、居間《いま》へ入って、ソファに座《すわ》ると、

「死体は二階ですよ」

と言った。

「二階だって？　よし行ってみろ」

一人が、急いで居間《いま》を出て行く。

「——あの、刑事《けいじ》さんは？」

と、由起子が言った。

「刑事《けいじ》？　まだこれからだ」

「いえ、そうじゃなくて、表にいたでしょう？」

「表に？　誰《だれ》もいないぞ」

「ええ？　変だな。どこに行ったのかしら」

由起子は首をかしげた。「裏《うら》の勝手口にも一人いるんですけど」

「何を言ってるんだ？　黙《だま》ってろ」

由起子は頭に来て、腕組《うでぐ》みをした。こんなのに説明したって始まらない。

少しして、もう一人の警官《けいかん》が戻《もど》って来た。

「確《たし》かに死んでる。女だ。首を絞《し》められてるぞ」

と、緊張《きんちょう》の面持《おもも》ちで肯《うなず》く。

「だから、そう言ったでしょ」

「うるさい！　よし、すぐに連絡《れんらく》しろ。犯人《はんにん》は押《おさ》えてあります、とな」

由起子は、ちょっと目を見張《みは》って、

「あの――私《わたし》、犯人《はんにん》じゃありませんよ」

と言った。

「ほう。じゃ、何だっていうんだ?」

「つまり——留守番《るすばん》です」

何だか妙《みょう》な説明だが、こうしか、言いようがない。

「死体と一緒《いっしょ》にか。包丁を握《にぎ》って?——寝言《ねごと》でも言ってろ」

由起子は、やっと自分の立場に気が付いた。

誰《だれ》かが、女の死体がここにある、と通報《つうほう》した。警察《けいさつ》は駆《か》けつけて来て、包丁を持った女がいるのを見付けた。そして女の死体も。

こうなれば、当然、犯人《はんにん》は……。

冗談《じょうだん》じゃないわ!

由起子は青くなった。

「ねえ、刑事《けいじ》さんを呼《よ》んで下さいよ。話を聞けば分るんですから!」

「うるさいな。刑事《けいじ》なんて、どこにいるんだ?」

「だから勝手口に——」

「よし、案内しろ」

由起子は、台所へ行って、裏《うら》の戸を開けた。――だが、誰《だれ》もいない。

「おかしいな、ここに一人と表にも一人――」

「よし、ともかく見て来てやる」

警官《けいかん》が、由起子の要求を受けいれてくれたことは、事実だった。

わざわざ一人が、外をぐるっと回ってみてくれたのだ。

しかし、刑事《けいじ》の姿《すがた》はどこにもなかった。

「どうなってんの？」

由起子は頭をかかえた。

五分ほどして、パトカーのサイレンが近づいて来た……。

4

悪い夢《ゆめ》なんだわ、これは。

由起子は、自分にそう言い聞かせた。そして頭を振《ふ》った。

そうすれば、きっと目が覚めて、何もかも消えてなくなる。——目の前にいる刑事《けいじ》や、警官《けいかん》たち、そして鑑識班《かんしきはん》の人間たちも……。

でも、だめだった。何度やっても、その人間たちは、一向に消えてなくなったりしなかったのだ。

「あ、坂口《さかぐち》さん、どうも」

という声がした。

顔を上げると、五十がらみの、上品な感じの男性《だんせい》が居間《いま》へ入って来た。

「死体はもう見た。——容疑者《ようぎしゃ》は？」

と、警官《けいかん》に訊《き》いている。

「あの娘《むすめ》です」

由起子は、自分の方を指さされて、ソファにますます沈《しず》み込《こ》んでしまった。

「話を聞こう」

坂口というその刑事《けいじ》は、かなりのベテランのようだった。

警官《けいかん》の、いささか興奮《こうふん》気味の説明にじっと聞き入り、適切《てきせつ》な質問《しつもん》をして、状況《じょうきょう》をつかむと、今度は由起子の前に、椅子《いす》を一つ持って来て座《すわ》った。

「やあ」

と、声をかけて、ニッコリ笑う。

由起子の方は、およそ笑える気分ではなかった。

「君は、あの女を殺してない、と言ってるそうだね」

「本当です」

「最初から話してくれないか」

坂口という刑事《けいじ》は、少しも脅《おど》したりする口調でなく、言った。由起子は、少し元気づけられた。

事の起こりから——つまり、留守番《るすばん》に雇《やと》われて、電話がかかって来たところから始め、何もかも、しゃべりまくった。

坂口は、信用しているのかいないのか、じっと、ただ聞き入っているだけだ。

しかし、由起子としては、話すしかない——。一部始終を語り終えて、息をついた。

「坂口さん」

と、若《わか》い刑事《けいじ》がやって来た。

手にしているのは——。

「私《わたし》のバッグだわ」

と、由起子が言った。

「何かあったか?」

「手紙です。見て下さい」

と、刑事《けいじ》は、バッグの中から、折りたたんだ封筒《ふうとう》を取り出した。

「知らないわ、そんなもの」

と、由起子は言った。

「動機は明らかですよ」

と、その若《わか》い刑事《けいじ》が言った。「真弓という女から、この娘《むすめ》にあてて、小沼と別れろ、とあります」

「何ですって?」

由起子は唖然《あぜん》とした。

「つまり、小沼をめぐって、真弓とこの娘《むすめ》が争っていたんですな。それで、真弓の方がついに勝った。この娘《むすめ》は、小沼の名で真弓をここへ呼《よ》び出《だ》し、殺した、というわけです」

由起子は、もう何が何だか分らなくなって来た。

「この娘《むすめ》、刑事《けいじ》が二人来ていたとか言ってますが、全くその事実はありません。嘘《うそ》八百ですよ」

「本当なんだってば！」

と、由起子は叫《さけ》ぶように言った。

坂口は、何を考えているのか、無表情《むひょうじょう》で、手紙を眺《なが》めている。

もはや八方ふさがりという感じだ。

そのとき、警官《けいかん》がやって来て、

「失礼します」

と、声をかけた。「この家の人が帰って来ておりますが」

由起子はハッとして居間《いま》のドアの方へ顔を向けた。達也が立っている。

「小沼君！」

泣きたくなって来るのを、必死でこらえる。もちろん、嬉《うれ》し泣《な》きだ。

「──由起子さん！　どうしたんだい？」

達也が当惑《とうわく》した様子で言った。

「この息子《むすこ》さん?」

と、坂口が立って、言った。

「そうです。――これは一体、どういうことなんですか?」

「実は真弓という女が、この家で殺されていましてね、この娘《むすめ》さんに疑《うたが》いがかかっているんです」

「何ですって?」

「ご両親は?」

「ええ……。旅行中です。二人で久《ひさ》しぶりに、というので。――まさか、こんなことになるなんて」

達也は首を振《ふ》った。

「連絡《れんらく》はつきますか」

「ええ、もちろん」

由起子は、小沼が見付かったのかしら、と思った。それなら、犯人《はんにん》は別にいることになる。

「この娘《むすめ》さんの話では、ここの留守番《るすばん》を頼《たの》まれていた、というんですがね」

と、坂口は言った。「――どうです？　この娘《むすめ》さんの言うとおりですか？」

これで助かる、と由起子はホッとしていた。ここの留守番《るすばん》を頼《たの》まれたこと、小沼が旅行先からいなくなったと達也が電話をして来たこと。

少なくともそれだけは事実だと分るわけである。

だが――意外なことに、達也は、すぐには答えなかった。じっと由起子を見つめると、ちょっとうつむいて、ゆっくり首を振《ふ》った。

「それは違《ちが》います」

「違《ちが》うというと？」

「彼女《かのじょ》に留守番《るすばん》を頼《たの》んだりはしません」

由起子にとっては、雷《かみなり》に打たれたようなショックだった！　言葉も出ない。

「いつも、戸締《とじま》りだけして、旅行に出てるんですよ。わざわざ留守番《るすばん》を頼《たの》むほどの家じゃありません」

と、達也は言った。

「すると、父親がいなくなった、と電話もしていないんですね？」

「もちろんです」

達也は、ポカンとしている由起子の方を向いて、

「――ごめんよ。でも、こんな重大なことで、嘘《うそ》はつけない」

と言った。

「小沼君……」

「実は手紙が見付かりましてね」

と、坂口が言った。「真弓という女と、この娘《むすめ》さんが、あなたのお父さんを争っていたという内容《ないよう》なんです。――思い当たることはありますか？」

達也は重苦しい表情《ひょうじょう》で、

「ええ……。お恥《は》ずかしい話ですけど、父はあの真弓という女と、ずっと関係があり

ました」

「この娘《むすめ》さんはどうです?」

達也は、ちょっとためらってから、

「確《たし》かに」

と肯《うなず》いた。「ここにも遊びに来ていたことがあって、そのとき父と知り合ったんでしょう。ごく最近、それを知って、僕《ぼく》には凄《すご》いショックでした」

由起子は、もはや無感動の状態《じょうたい》だった。

「そのことで、真弓という女と、この娘《むすめ》さんが争っているということは、ご存知《ぞんじ》でしたか?」

「さあ……。父は知っていたかもしれませんが」

「すると、どうやら間違《まちが》いなく、この娘《むすめ》さんが真弓という女を殺したようですな」

と、坂口は肯《うなず》きながら言った。

由起子は、もう何も考えられなかった。気力がないのだ。

どうにでもなれ、という気持ちだった。

達也は、ちょっと上に目をやって、

「あの――死体は――」

と、ためらいがちに言った。

「運び出させますよ。しばらくは、捜査《そうさ》の必要上、現場《げんば》は保存《ほぞん》させていただきますが」

「ええ、それはもちろんです」

「ご両親に電話して、すぐ戻《もど》るよう、言ってくれませんか」

「分りました」

達也は、電話の方へ行きかけたが、「――二階でかけてもいいでしょうか？　ホテルの電話をメモした紙が上にあるので」

と、坂口の方へ訊《き》く。

「もちろんです」

達也が出て行く。――坂口は、由起子の前に座《すわ》った。

「さて、どうだね？」

由起子は肩《かた》をすくめた。

「お好きなように。逮捕《たいほ》でも何でもすりゃいいわ」

「やけになっちゃいけない」

と、坂口は笑った。「――そう悲観したものでもないさ」

「私《わたし》のこと、犯人《はんにん》だと思ってんなら、さっさと手錠《てじょう》でもかけりゃいいでしょう！」

由起子はカッとなって、怒鳴《どな》った。

「いや、私《わたし》は君が犯人《はんにん》とは思っていないよ」

坂口の言葉に、由起子は調子が狂《くる》って、

「――何ですって？」

と訊《き》き返した。

「私《わたし》も、この手紙を見るまでは、君がやったのかもしれんと思っていたのだがね」

坂口は、手紙を眺《なが》めて首を振《ふ》った。

「見せて下さい」

由起子は、その手紙を受け取って目を通した。

「——この手紙が、どこかおかしいんですか?」

「いや、どこも」

と、坂口が首を振《ふ》る。「しかしね、今の若《わか》い女性《じょせい》が、恋《こい》がたきに手紙なんか書くかね? 怒鳴《どな》り込《こ》むか、電話をするか。いずれにしても、こんな手間のかかることはやるまい」

「でも——」

「君の会った二人の刑事《けいじ》というのは偽者《にせもの》だ。その二人の細工だよ、総《すべ》て」

「というと……」

「家の中を調べるといって、君のバッグにこの手紙を入れておく、君が台所にいる間に、真弓を脅《おど》して二階へ連れて行き、絞《し》め殺《ころ》す。そして、逃《に》げる。——君はまた、ごていねいに、ドアに鍵《かぎ》までかけて、自分が犯人《はんにん》だと言わんばかりの状況《じょうきょう》を作ってくれた」

「じゃ、真弓さんがここへ来たのも?」

「もちろん、呼《よ》び出《だ》されたのだろう。あの二人は、雇《やと》われて彼女《かのじょ》を殺したんだ」

「雇《やと》われて……」

「もし、真弓の直接《ちょくせつ》知っている男だったら、彼女《かのじょ》だって、おかしいと思うだろうからね。金で人殺しを請《う》け負《お》ったわけだ」

由起子は、まだわけがわからない。

「じゃ、誰《だれ》がそんなことを頼《たの》んだんですか?」

「分るだろう。君が言ったことを、否定《ひてい》してしまった——つまり、嘘《うそ》をつけたのは誰《だれ》だね?」

「小沼君……」

と、由起子は呟《つぶや》いた。

達也が入って来た。

「連絡《れんらく》しました。すぐ戻《もど》って来るそうです」

「そうか。じゃ、それまでに、君の話をゆっくり聞くとしよう」

坂口の言葉に、達也は戸惑《とまど》ったようだった。

「話というと？」

「君が二人の男を雇《やと》って、真弓を殺させたことさ」

「何のことです？」

「とぼけてもだめさ。君はさっき、二階の方を見上げて、『死体は――』と言った。しかし、真弓が二階で殺されていることを、私《わたし》は一度も言っていないよ」

達也は青ざめた。――告白したも同じだ。

「たぶん、お父さんと一緒《いっしょ》に計画したんだろうね。ただ、お父さんのアリバイを確《たし》かなものにしておかないと、容疑《ようぎ》がかかるに違《ちが》いない。それで君が実際《じっさい》には行動することになった。――しかしね、動機から何から、取《と》り揃《そろ》えすぎたね。人を殺そうというのに、あんな手紙を持って来る犯人《はんにん》がどこにいる？　手紙の筆跡《ひっせき》、実際《じっさい》に殺しをやった二人、調べればいくらでも、ボロが出て来るよ」

達也はよろけて、ソファに座《すわ》り込《こ》んだ。

「――どうして、真弓を殺させたんだね？」

と、坂口が言った。

「あの女は……父を脅迫《きょうはく》してたんです」

達也が、か細い声で言った。「会社では、父は信用があります。でも――真弓のために、会社のお金を大分使《つか》い込《こ》んでいたんです。それをあの女は知っていて、それで……」

「脅迫《きょうはく》したのか」

「父が悪いのは確《たし》かです。でも、父がだめになれば、僕《ぼく》だって……。だから、あの女を殺すのを手伝ったんです」

由起子は、少しも腹《はら》が立たなかった。むしろ、達也のことが哀《あわ》れでさえあった。親に頼《たよ》らなくては生きていけない、そんな現代《げんだい》っ子《こ》の一人なのだ。

人殺しをするくらいなら、何をしてでも生きて行けるだろうに。

「君の気持ちも分らないではないがね」

と、坂口は言った。「許《ゆる》せないのは、この何の罪《つみ》もない娘《むすめ》さんに、殺人の罪《つみ》をなすりつけようとしたことだ」

達也はうなだれた。

そのとき、居間《いま》へ、新顔の刑事《けいじ》らしい男が二人、入って来た。

「何です?」

と、坂口が訊《き》く。

「あの――我々《われわれ》、小沼を、横領《おうりょう》の罪《つみ》で任意《にんい》同行を求めようと思って来たのですが」

と、男の一人が言った。

「また、えらく早いですな!」

坂口が目を丸くした。

――そうか!

由起子は、あの社長からの電話を思い出した。あれだけは、事実《じじつ》だったのだ！

あの電話のことを、達也へ言わなかった。

「私《わたし》、留守番《るすばん》には向いていないな……」

と、由起子はそっと呟《つぶや》いた。

解説《かいせつ》　謎解《なぞと》きはミステリーの第一歩

山前《やままえ》　譲《ゆずる》

不思議なことや謎《なぞ》めいたことに興味《きょうみ》を持つ。これは大事なことではないでしょうか。その好奇心《こうきしん》が、わたしたちの脳細胞《のうさいぼう》をフル回転させてくれるからです。

たとえば虹《にじ》を見たとき、「キレイだなあ」とはだれもが思うでしょう。でもなかには、どうして虹《にじ》ができるのだろうと不思議に思う人が、かつていたはずです。あるいは、夜空の月を見たときには、ロマンチックな気分になってしまいます。けれど、三日月だったり半月だったり、あるいは満月だったりと、月がその姿《すがた》を変えるのはなぜだろう。そう考える人もかつていたに違《ちが》いありません。

虹《にじ》や月の謎《なぞ》は、今ではすでに解《と》かれています。けれど、今なお解《と》かれていない謎《なぞ》はたくさんあります。なぜだろう。どうしてだろう。その疑問《ぎもん》を解《と》き明《あ》かしたいという思いから、人はこれまで、さまざまな発見や発明をしてきました。さまざまな理論《りろん》を導《みちび》き出《だ》してきました。ミステリーの大きな魅力《みりょく》のひとつに、そうした謎解《なぞと》きへの期待があるのです。

一九七六年のデビュー以来、数多くの作品を発表してきた赤川次郎《あかがわじろう》さんの短編《たんぺん》ベスト・セレクション、「赤川次郎　ミステリーの小箱」の一冊《さつ》である本書『謎解《なぞと》き物語　真夜中の電話』には、謎解《なぞと》きを楽しむミステリーが四作収録《しゅうろく》されています。

最初の「インテリア」は宝探《たからさが》しの謎《なぞ》です。暗号を解《と》いて財宝《ざいほう》を探《さが》しあてるエドガー・アラン・ポーの「黄金虫《こがねむし》」のように、ミステリーでは宝探《たからさが》しはお馴染《なじ》みのものと言えます。だれだってお宝《たから》はゲットしたい！　そうではありませんか？

とはいっても、ここでの宝探《たからさが》しはちょっと現実的《げんじつてき》すぎるかもしれません。実業家だった母が死んで、娘《むすめ》の三人姉妹が葬儀《そうぎ》もそこそこに、財産探《ざいさんさが》しにあたふたしているからです。億という財産《ざいさん》は、すべて現金《げんきん》で、母の手もとに置いてあったことは分かっています。けれど、徹底的《てっていてき》に家の中を捜《さが》しまわっても、何も見つかりません。そこに刑事《けいじ》がやってきます。庭の花壇《かだん》に死体が埋《う》まっているという、匿名《とくめい》の手紙が届《とど》いたと……。

赤川作品での三姉妹といえば、綾子《あやこ》、夕里子《ゆりこ》、珠美《たまみ》の佐々本《ささもと》三姉妹です。彼女《かのじょ》たちの「三姉妹探偵団《たんていだん》」シリーズはすでに二十作を超《こ》えていますが、三姉妹それぞれのキャラクターを発揮《はっき》して事件《じけん》を解決《かいけつ》に導《みちび》いてきました。海外へ出かけたり、過去《かこ》に旅したりと、佐々本三姉妹の謎解《なぞと》きは多彩《たさい》です。ところが「インテリア」の三姉妹ときたら、欲《よく》にとりつかれてドタバタと……。遺産《いさん》の謎《なぞ》の結末は皮肉たっぷりで、ちょっと笑ってしまうかもしれません。

ですが、ミステリーとなると、どうしてもなんらかの悲しい事件《じけん》の謎解《なぞと》きが多くなってしまいます。

「冷たい雨に打たれて」は女子大の学生寮《がくせいりょう》で起こった事件《じけん》です。寮生《りょうせい》のひとりが殺されてしまいました。外部からの侵入《しんにゅう》も考えられますが、まず犯人《はんにん》として疑《うたが》われるのは同じ寮生《りょうせい》でしょう。やはり寮《りょう》に住む女子大生が、被害者《ひがいしゃ》をめぐる人間関係と犯行《はんこう》の可《か》能性《のうせい》から、真相に迫《せま》っていきます。

女子大での事件《じけん》といえば、赤川作品のなかでもとりわけ人気の「三毛猫《みけねこ》ホームズ」

シリーズの第一作、『三毛猫《みけねこ》ホームズの推理《すいり》』を思い出しますが、犯人探《はんにんさが》しはミステリーのメイン・ステージです。犯行《はんこう》が可能《かのう》だったのは誰《だれ》か。いったいその動機はなんなのか。さまざまな情報《じょうほう》をもとに探偵《たんてい》は論理的《ろんりてき》に推理《すいり》していきます。当てずっぽうではいけません。きちんとした根拠《こんきょ》がなければ、誰《だれ》かを殺人犯《さつじんはん》だと指摘《してき》することはできないからです。

もちろん現実《げんじつ》で、事件《じけん》に遭遇《そうぐう》することなんてあまり（絶対《ぜったい》に？）ありません。けれど、その事件《じけん》の真相を解《と》き明《あ》かしていく論理的《ろんりてき》な推理《すいり》、つまりきちんと筋道《すじみち》をたてて考えていくことは実社会でも必要です。まったくチンプンカンプンの算数の問題だって、論理的《ろんりてき》に考えていけばちゃんと解《と》けるのです！　とはいえ、赤川さんも高校生のころは数学が大の苦手だったそうですから、安心してください。

その赤川さん、『三毛猫《みけねこ》ホームズの映画館《えいがかん》』と題したエッセイ集もあるくらいの映《えい》画《が》ファンですが、創作《そうさく》活動の根底には映画《えいが》、とくにヨーロッパ映画《えいが》があるようです。若き日に記したノートには、観た映画《えいが》の感想がじつに詳しく書かれています。「映画《えいが》は我《わ》が友《とも》」とまで言う赤川さんは、じつは高校時代には映画監督《えいがかんとく》になりたかったとか。ですから小説を書くときにも、映像《えいぞう》をイメージして書くことが多いそうです。

「『コレクター』になった日」はある映画《えいが》がもとになっています。それは一九六〇年代半ばに大ヒットした『コレクター』です。蝶《ちょう》の採集《さいしゅう》が趣味《しゅみ》の男が、蝶《ちょう》を採集《さいしゅう》するかのように、好きになってしまった女性《じょせい》を誘拐《ゆうかい》し、田舎《いなか》の一軒家《いっけんや》に監禁《かんきん》してしまうのでした。いつか彼女《かのじょ》が自分を好きになってくれるのではないか……。奇妙《きみょう》な同居《どうきょ》生活がつづけられるのです。

本書収録《しゅうろく》の赤川作品も、ある女性《じょせい》にはげしく恋《こい》する松永《まつなが》と、誘拐《ゆうかい》されてしまった女子大生の恵《めぐみ》の物語です。ただ、もちろん映画《えいが》とはべつの展開《てんかい》です。彼女《かのじょ》はなぜ誘拐《ゆうかい》されたのか？　恵《めぐみ》の友人である久代《ひさよ》の、テンポのいい探偵行《たんていこう》が謎《なぞ》を解《と》き明《あ》かしていきます。

誘拐《ゆうかい》はもちろん、現実《げんじつ》社会では重大な犯罪《はんざい》です。もし自分が被害者《ひがいしゃ》になったとしたら？　想像《そうぞう》するだけでも身ぶるいすることでしょう。ただ、ミステリーとしては、いろいろな謎《なぞ》をおりこめる犯罪《はんざい》であるのは間違《まちが》いありません。身代金《みのしろきん》の要求があったならば、犯人《はんにん》がどうやってそれを手にするかに興味《きょうみ》をそそられます。もちろん連絡手段《れんらくしゅだん》などに犯人《はんにん》はさまざまな工夫《くふう》をしますが、警察《けいさつ》が介入《かいにゅう》すれば、そんな簡単《かんたん》に大金を手にすることはできないのです。だからでしょうか、最近は、誘拐《ゆうかい》の動機に謎《なぞ》をしかけた作品が多いようです。この赤川さんの作品でも……いや、ミステリーですからこれ以上詳《くわ》しく語るわけにはいきません。

「真夜中の電話」の主人公の由起子《ゆきこ》は、まさに大変としか言いようのない経験《けいけん》をしています。三日間、大学の友人の留守宅《るすたく》に寝起《ねお》きするだけで、二万円。ちょっとお財布《さいふ》の中身がさびしい大学生の彼女《かのじょ》にとって、それは最高のアルバイトでした。

ところが、友人の父親に大金を横領《おうりょう》した罪《つみ》をかぶってほしいという電話がかかり、その父親の恋人《こいびと》だという女性《じょせい》が飛《と》び込《こ》んできたり、警察《けいさつ》だと名乗る二人組がやってきたり……。しかも友人のベッドには死体が！　まさに謎《なぞ》だらけ、なにがなんだか分からない由起子ですが、自らの手で事件《じけん》を解決《かいけつ》していきます。

由起子のような活発で謎解《なぞと》きの好きな女性《じょせい》は、赤川作品のそこかしこに登場します。そもそも、デビュー作である「幽霊列車《ゆうれいれっしゃ》」は、女子大生探偵《たんてい》・永井夕子《ながいゆうこ》の最初の事件《じけん》でもありました。こうした男性《だんせい》顔負けの若《わか》い女性《じょせい》の活躍《かつやく》は、赤川作品の大きな魅力《みりょく》なのです。

「赤川次郎　ミステリーの小箱」には本書のほか、恐怖《きょうふ》のなかに愛を描《えが》く『十代最後の日』、ハートウォーミングな『命のダイヤル』、学園を舞台《ぶたい》にした『保健室《ほけんしつ》の午後』、社会を見すえる『洪水《こうずい》の前』と、多彩《たさい》な赤川作品がラインナップされています。きっとどれも楽しく読みおえることができるでしょう。

〈初出〉

「インテリア」　『素直な狂気』　角川文庫　一九九四年二月刊
「冷たい雨に打たれて」　『世界は破滅を待っている』　角川文庫　一九八六年七月刊
「[コレクター]になった日」　『ふしぎな名画座』　角川文庫　一九九八年三月刊
「真夜中の電話」　『行き止まりの殺意』　光文社文庫　一九八八年四月刊

赤川 次郎（あかがわ・じろう）
1948年福岡県生まれ。日本機械学会に勤めていた1976年、「幽霊列車」で第15回オール讀物推理小説新人賞を受賞して作家デビュー。1978年、『三毛猫ホームズの推理』がベストセラーとなって作家専業に。『セーラー服と機関銃』は映画化もされて大ヒットした。多彩なシリーズキャラクターが活躍するミステリーのほか、ホラーや青春小説、恋愛小説など、幅広いジャンルの作品を執筆している。2006年、第9回日本ミステリー文学大賞を受賞。2016年、日本社会に警鐘を鳴らす『東京零年』で第50回吉川英治文学賞を受賞。2017年にはオリジナル著書が600冊に達した。

編集協力／山前 譲
推理小説研究家。1956年北海道生まれ。北海道大学卒。会社勤めののち著述活動を開始。文庫解説やアンソロジーの編集多数。2003年、『幻影の蔵』で第56回日本推理作家協会賞評論その他の部門を受賞。

赤川次郎　ミステリーの小箱
謎解き物語　真夜中の電話

2017年12月　初版第1刷発行
2018年12月　初版第3刷発行

著　者　赤川次郎

発行者　小安宏幸
発行所　株式会社 汐文社
東京都千代田区富士見1-6-1
富士見ビル1F　〒102-0071
電話：03-6862-5200　FAX：03-6862-5202
印刷　新星社西川印刷株式会社
製本　東京美術紙工協業組合

ISBN978-4-8113-2453-1　乱丁・落丁本はお取り替えいたします。